CORAÇÃO DE PEDRA

Khargals de Duras

REGINE ABEL

CAPA
Regine Abel

ILUSTRAÇÕES
Sam Griffin

Direitos Autorais © 2025

CONTENTS

KHARGALS DE DURAS

Mil anos atrás, um grupo de reconhecimento Khargal deixou Duras e caiu em um planeta chamado Terra.

Feridos e em menor número, os Khargals encalhados se esconderam entre efígies de pedra e observaram a lenta evolução dos habitantes primitivos do planeta. Sem meios de retornar a Duras, eles assistiram de seus poleiros sombrios e se transformaram em lendas, tornando-se as míticas gárgulas.

Até hoje. Muito depois de qualquer esperança de resgate ter desaparecido, o sinal de socorro finalmente foi respondido.

É hora de ir para casa.

CORAÇÃO DE PEDRA

Seu salvador alado não era nenhum anjo.

Quando a morte quase leva Brianna aos oito anos de idade, um ser que não deveria existir a salva. Vinte anos depois, ela se torna engenheira arquitetônica especializada em edifícios históricos, ainda em busca de evidências de que aquele que a salvou – aquele que assombra seus sonhos cada vez mais loucos – realmente existe. Quando um homem misterioso a contrata para um grande projeto nas catacumbas de uma antiga igreja transformada em uma exclusiva boate gótica, Brianna acredita que pode finalmente ter sua chance.

Alkor se cansou desta era. Forçado a se esconder à vista de todos, proibido de reivindicar a única mulher que despertou seus instintos de acasalamento, ele considera voltar à hibernação em vez de suspirar por ela à distância. Mas a ativação repentina do sinalizador muda tudo. O resgate finalmente está chegando. Com seu único meio de chegar ao ponto de encontro preso nas catacumbas, Alkor contrata Brianna para ajudá-lo a recuperar seu tesouro. No entanto, seu sigilo perdido não é a única coisa que ele pretende levar de volta para casa.

O tempo está se esgotando, e as forças malignas que conspiram para capturá-lo não medirão esforços para atingir seu objetivo, até mesmo usando Brianna. Será que Alkor salvou sua verdadeira companheira apenas para perdê-la agora que eles poderiam ter uma chance de um futuro juntos?

DEDICATÓRIA

Aos outros seis autores incríveis que compartilharam esta aventura colaborativa comigo. Obrigada por todas as risadas, as corridas, as azarações e por me manterem acordada até muito depois da hora de dormir com suas brincadeiras bobas. Um agradecimento especial à Stephanie West por seu otimismo inabalável, suas incríveis habilidades de líder de torcida e por nos manter tão organizados. Coração de Pedra chegou até aqui em grande parte graças a você. Você foi minha rocha.

Minhas maravilhosas leitoras betas, vocês sempre se superam. Obrigada pelo apoio e amizade contínuos. Considerem-se abraçadas e envoltas em minhas asas virtuais!

CAPÍTULO 1

ALKOR

Os humanos pulavam, rebolavam e se contorciam na pista de dança a um som grave estrondoso. A maioria deles vestia preto, vermelho-escuro e roxo, cada um abraçando a ilusão temporária de pertencer ao Submundo. Góticos, punk-rockers, bruxas cosplayers, feiticeiros, demônios e, ocasionalmente, anjos caídos, os frequentadores rivalizavam entre si no realismo de suas respectivas fantasias. E, no entanto, nenhum jamais conseguia igualar ou superar a minha.

Apoiado no corrimão da sacada da minha cabine privativa, eu flexionei minhas asas, sua textura coriácea roçando minhas costas. Muitos dos clientes me observavam de baixo ou das salas VIP de cada lado do meu camarote privativo, que ocupava toda a parede dos fundos. As luzes fracas do The Darkest Hour, o clube temático mais exclusivo do centro de Montreal – embora geralmente o chamássemos de clube gótico – me permitiam esconder que meus chifres e asas não eram próteses ou parte de uma fantasia, mas sim partes integrantes do meu corpo.

Tantos rumores e especulações descabidas se espalharam sobre Alkor Drayvus, o misterioso dono do The Darkest Hour. Eu não neguei nem confirmei nenhum deles. Aqueles que se aproximaram o suficiente para falar comigo, ou até mesmo me tocar, presumiram que eu era uma daquelas pessoas "excêntricas" que se dedicavam radicalmente à transformação de sua aparência, como o Homem-Lagarto, o Homem-Alienígena ou o Garoto-Zumbi. Essa crença serviu ao meu propósito, me permitindo mostrar meu verdadeiro eu, embora não fosse passar em um exame minucioso. Meus chifres, ossos faciais ou cauda poderiam ser explicados por implantes. Mas eu jamais escaparia impune de um exame minucioso das minhas asas.

Eu invejava a naturalidade com que os clientes dançavam, bebiam e se misturavam, alguns encontrando cantos escuros para explorar outros tipos de prazer. Embora eu fosse bastante tolerante com os clientes se apalpando e se acariciando intensamente, eu não permitia que as coisas ficassem muito quentes, como alguns já haviam tentado no passado, especialmente os aspirantes a vampiros. Afinal, eu havia construído esta boate em uma antiga igreja gótica bem no coração do centro de Montreal. Tal comportamento obsceno seria impróprio em um lugar que antes era sagrado.

Após quarenta e quatro anos de hibernação, seguidos de cinco anos de peregrinação sem rumo, o The Darkest Hour havia sido uma oportunidade para que eu pudesse interagir com humanos novamente, ainda escondido à vista de todos. Mas nove anos comandando o clube de sucesso estavam perdendo o apelo. Embora cercado por centenas de pessoas, eu nunca me senti tão sozinho. Um rosto assombroso com olhos azuis brilhantes e cabelos castanho-dourados e sedosos passou pela minha mente. Eu o afastei junto com a dor que ela sempre despertava em meu coração. Sim, a hibernação seria boa, mesmo que fosse apenas para me poupar da tortura de ansiar pelo proibido. Se eu transformasse meu coração e meu corpo em pedra no sono profundo de *duramna*, eu poderia despertar novamente no final de sua vida humana. Por que me submeter a dores e tentações inúteis?

Quando ela reapareceu na minha vida já adulta, nove anos

atrás, pela primeira vez ela despertou meus instintos de acasalamento. Pensamentos sobre ela me atormentam desde então. A porta da minha varanda privativa se abrindo me assustou. Olhando por cima do ombro, eu vi Lana entrar desfilando, usando um vestido pintado que me lembrou o vestido preto da Mortícia Addams. *Quem diria que eu era um guerreiro de elite.* Eu ficaria envergonhado se meu batalhão soubesse que uma mulher humana, parecida com uma boneca, me pegou tão facilmente. Mas, pensando bem, eu não usava minhas habilidades de guerreiro há alguns séculos.

— Como está meu homem pensativo favorito? — Lana perguntou, dando um peteleco na ponta de uma das esporas da minha asa; um hábito irritante que ela havia adquirido nos últimos dois anos.

— Mais taciturno do que nunca — eu disse, apoiando o cotovelo no corrimão da sacada — E eu não sou um homem.

— Tudo bem, gárgula — ela disse, dando de ombros.

— Não sou uma gárgula, sou um Khargal — eu insisti, me perguntando por que eu estava sendo tão difícil.

— Bem, alguém acordou do lado errado do pedestal — Lana disse, com um brilho provocador nos olhos.

— De fato. Eu... estou perdendo o interesse nesta era — eu admiti, lançando-lhe um olhar de desculpas.

Lana era a primogênita do herdeiro Dalghren. Por gerações, a filha mais velha dessa linhagem se tornou meu contato humano, me permitindo funcionar em um mundo ao qual eu não pertencia; um fardo que eles aceitaram voluntariamente. Lana era como uma irmã para mim, embora muitas vezes agisse mais como minha mãe. Ela se esforçou para tornar esta era palatável para mim. Por nove, perto de dez anos, ela quase conseguiu. Se não fosse por minha companheira inatingível, eu poderia realmente ter apreciado esta era e seus crescentes avanços tecnológicos.

— Você não pode por pelo menos mais quatro meses — ela

disse, tentando esconder a tristeza nos olhos — Você prometeu levar meu filho para um voo sobre o Rio São Lourenço no aniversário de nove anos dele.

Eu assenti, sorrindo carinhosamente ao pensar no diabinho, a cara da mãe, com seu cabelo ruivo bagunçado e indisciplinado e o enxame de sardas estampadas por todo o rosto – até nos lábios. Lana tinha me escolhido como padrinho dele.

Até hoje, a lembrança do padre presidindo o batizado do pequeno Tommen, me olhando com desconfiança, ainda me deixava arrepiado. Embora eu tivesse cortado meus chifres e escondido os tocos sob o cabelo, meus ossos faciais, que lembravam minúsculos chifres de marfim ao longo do meu maxilar, denunciavam de certa forma minha natureza "sobrenatural". Eu havia recolhido minhas asas e enfiado a cauda nas calças. Na época, meu filtro de percepção, a tecnologia de camuflagem que me permitia assumir qualquer aparência que eu quisesse, estava com defeito. Como eu não consegui consertá-lo a tempo, optei por não usá-lo. Quando uma coceira repentina fez minha cauda se mover ao lado das pernas, parecendo uma cobra se contorcendo, os olhos do padre quase saltaram das órbitas. Eu esperava que ele começasse a jogar água benta em mim enquanto entoava encantamentos de exorcismo.

— É claro — eu respondi, puxando uma mecha do seu longo cabelo ruivo — Promessa é promessa.

— Ai! — ela disse, dando um tapa na minha mão com falsa indignação e franzindo o rosto bonito — Se você quer puxar o cabelo de uma mulher, que tal dar a essa Sandy o que ela quer e tirá-la do meu pé?

Eu revirei os olhos, incrédulo — Sério? De novo? — eu perguntei.

— Ela está desesperada para te levar de volta para a cama. Você deve ter habilidade, parceiro — ela disse, com uma cara de desgosto.

Isso me fez rir. Eu entendo como ouvir sobre meu desempenho sexual poderia fazê-la estremecer. Que irmã gostaria de ouvir outras mulheres bajulando as proezas do irmão na cama?

Eu havia reduzido esses encontros ao mínimo, com Sandy sendo minha segunda transa de uma noite nos nove anos desde o meu despertar. Ela não queria nenhum tipo de compromisso da minha parte, nem mesmo ter qualquer tipo de conversa comigo. Eu era apenas um troféu exótico que ela gostava de ter na cabeceira da cama, e um pau incomum que ela gostava que a penetrasse, encostada na parede dos fundos da minha cabine privativa.

Mas eu não tinha interesse em ser o brinquedo sexual da Sandy, nem de nenhuma outra mulher, aliás. O ego dela acabaria se recuperando, já que seu coração certamente não estava envolvido. Na verdade, minha espécie raramente se entregava a tal intimidade por diversão, nossa libido permanecia adormecida até encontrarmos a pessoa com quem queríamos acasalar. Momentos de intensa solidão e desejo desesperado por algo que eu nunca poderia ter me levaram a buscar conforto nos lugares errados. Ambas as vezes preencheram minha necessidade de proximidade física, mas não o vazio que havia em meu coração e alma.

— Diga à Sandy para encontrar um novo garanhão. Como combinado, foi um negócio único. Eu ficarei feliz em dizer a ela pessoalmente — eu acrescentei, quando Lana revirou os olhos.

— De jeito nenhum, meu camarada! Suas habilidades diplomáticas são horríveis — Lana exclamou — Eu cuido disso. Enfim, nós temos um novo cliente que o Sandy provavelmente vai correr atrás. Ele está deixando todo mundo boquiaberto.

— O Garoto-Unicórnio? — eu perguntei.

Ela caiu na gargalhada — Na verdade, ele é um aspirante a dragão. Esse é o primeiro implante de chifre dele. O cirurgião dele disse que não faria outro antes de ver como ele reagiria ao primeiro.

Eu balancei a cabeça, sem entender essas estranhas compulsões humanas de mudar de natureza. Mas eu não vou reclamar;

elas me davam a cobertura necessária para ter uma vida aparentemente normal.

— Mas não foi para te obrigar a dormir com a Sandy que eu vim te encher o saco — Lana disse, ficando séria novamente — Eu estou recebendo muitos pedidos para abrir outro clube gótico, mas desta vez em Helsinque.

— Não há Khargals lá — eu respondi, franzindo levemente a testa.

— Eu sei, mas não se esqueça de que 99,9% da sua clientela não é Khargal — Lana disse, dando de ombros — O conceito realmente agrada as pessoas, especialmente agora que vocês flexibilizaram as regras... em outros lugares.

Eu bufei, o que fez Lana sorrir ironicamente para mim. Eu era um tanto rigoroso com regras e protocolos. Me incomodava que todos os clubes góticos da rede que eu havia estabelecido não fossem construídos em uma igreja abandonada, e que os clientes não fossem submetidos ao rigoroso código de vestimenta exigido no The Darkest Hour. Mas alguns dos outros locais, como o Evensong em Nova York, tinham uma clientela mais descontraída. Um único Khargal frequentemente se misturava com humanos lá – meu velho amigo Frelinray.

— Como os finlandeses têm apenas cinco horas de luz do dia durante parte do inverno, é o cenário perfeito para pessoas com fetiches por vampiros — Lana disse com naturalidade.

— E o que acontece quando o verão chega e passa a haver apenas cinco horas de noite por dia? — eu perguntei.

— Então os clientes vampiros podem se cobrir de pó mágico para brilhar ao sol — Lana brincou.

Eu ri alto e balancei a cabeça novamente — Bem, você é quem está gerenciando tudo isso. Então, se quiser abrir um lá, vá em frente. Só me diga onde assinar.

— Eu queria te avisar, já que acabei de falar com o possível sócio — Lana disse, cautelosamente — Vale a pena elaborar a proposta comercial para ver se é uma opção viável.

Eu concordei, com a mente divagando, pensando nas oportunidades interessantes que uma viagem à Finlândia me proporcionaria. Com as longas horas de escuridão, eu poderia voar com mais frequência e menos riscos de ser visto, pelo menos durante parte do ano. Estabelecer-me no centro de Montreal não tinha sido a ideia mais inteligente nesse sentido. Pelo menos, uma curta viagem até a Costa Sul me levava a campos abertos, onde eu poderia voar com relativa segurança.

Uma onda repentina de tontura me atingiu, e um formigamento estranho na nuca se espalhou pelo meu couro cabeludo. Minhas sinapses pareceram disparar ao mesmo tempo, enquanto uma sensação há muito esquecida zumbia pelo meu cérebro.

— Não é possível! — eu sussurrei, me apoiando no corrimão para me apoiar.

— Al, você está bem? — Lana perguntou, com uma expressão preocupada no rosto.

— Ele ativou — eu suspirei — Meu *grack* sigilo acabou de ser ativado.

— Seu sigilo? — Lana perguntou, hesitante — O seu dispositivo de localização perdido?

— Ele não está perdido — eu disse distraidamente, com a mente em polvorosa — Ele está enterrado nos escombros das catacumbas abaixo de nós. Precisamos recuperá-lo. Rápido!

Eu puxei meu cabelo com força, olhando para a multidão dançando abaixo, sem enxergar. Mil anos... Por mil *grack* anos, meus irmãos e eu ficamos presos neste planeta depois que nossa nave caiu. Por que a missão de resgate finalmente estava chegando agora? Como seria possível com nosso farol destruído? Será que um dos Khargals sobreviventes construiu um novo? Será que o nosso original, perdido em órbita ao redor do planeta, finalmente caiu de volta à Terra?

Mas essas perguntas eram de pouca importância. Tudo o que importava era que nosso povo finalmente havia recebido o sinal de socorro e viria nos resgatar. Só que eu precisava do meu sigilo não apenas para obter o local, a hora e a data do nosso resgate, mas também porque ele servia como dispositivo de teletransporte que eles usariam para me transportar até a nave.

— Com base em resgates anteriores, a nave nos dará um prazo de 24 horas para o resgate, que ocorrerá de duas a quatro semanas a partir de agora, considerando o tempo de viagem necessário de Duras — eu disse, com o coração batendo mais forte do que o som grave batendo sob meus pés — Eu preciso recuperar meu sigilo dentro de uma semana para ter tempo suficiente para chegar ao ponto de encontro.

— Bem, já está tarde demais esta noite — Lana disse, pensativa — Eu vou mandar algumas pessoas virem logo cedo para inspecionar as catacumbas. Mas Al, uma semana...

— Faça acontecer, Lana — eu disse em um tom que não admitia discussão — Eu sei exatamente onde escondi o sigilo antes do colapso. Eles só precisam abrir caminho.

— Justo, mas precisaremos de uma licença de construção e...

A minha expressão deve ter dito tudo. Lana suspirou profundamente, sem se dar ao trabalho de listar os inúmeros argumentos – muito válidos – que justificariam o desafio desse cronograma.

Eu nunca pensei que seríamos resgatados, ou eu teria mandado limpar as catacumbas anos atrás. Uma tubulação subterrânea malfeita e um serviço de esgoto ao longo da estrada em frente à igreja causaram o desabamento de partes das catacumbas do prédio já antigo. Eu havia escondido meu sigilo nele em meados do século XIX e vigiava o prédio como uma das gárgulas que adornavam seu telhado. Com o declínio do interesse da população pela religião e o aumento dos custos de operação do prédio, a igreja acabou sendo colocada à venda no final do século XX. Por meio de grandes negociações, o pai de Lana conseguiu impedir que a igreja fosse classificada como edifício histórico, embora com algumas promessas pesadas de que ela não seria demolida ou modificada a ponto de torná-la irreconhecível.

Eu não tinha necessidade nem desejo de profanar o prédio, nem de transformá-lo em mais um complexo comercial ou de apartamentos. Eu só precisava de um lugar seguro para guardar meu sigilo e as poucas peças restantes de equipamento e tecnologia Khargal que eu ainda possuía, além de um lugar onde pudesse hibernar em forma de pedra sem que ninguém questionasse minha presença.

— Tudo bem, deixe-me ver o que eu posso fazer — Lana disse — Acho que isso significa que Tommen não poderá participar do seu voo de gárgula.

— Eu o levo no próximo fim de semana — eu disse com um sorriso conciliador — Pode chamar de presente de aniversário adiantado.

Lana sorriu de volta, mas eu não deixei de notar a tristeza em seus olhos. Eu sentiria tanta falta dela quanto sabia que ela sentiria de mim.

— Eu vou cobrar, homem de pedra — Lana disse, dando um peteleco na minha espora direita — Hora de fazer uns telefonemas de emergência.

Ela se virou e foi em direção à saída da minha cabine privativa.

— Lana — eu gritei quando ela estendeu a mão para a porta. Ela me olhou por cima do ombro — Obrigado.

Ela sorriu, piscou e saiu.

9

CAPÍTULO 2

BRIANNA

Com o coração disparado, eu tentei manter uma expressão estoica enquanto Lana Dalghren me conduzia para dentro do The Darkest Hour. Quando minha empresa recebeu a mensagem dela esta manhã, eu praticamente implorei ao meu chefe que me deixasse assumir este projeto. Eu vinha tentando há anos me aproximar do misterioso dono do clube exclusivo, mas sem sucesso. Outros antes de mim tiveram permissão para ter conversas privadas com ele. Eu não. Nunca eu. Por algum motivo, eu parecia ter sido colocada na lista negra. E, no entanto, eu nunca agi de forma exigente ou agressiva, ao contrário de algumas das pessoas que realmente o conheceram.

Da última vez que eu tentei, dois anos atrás, Lana foi educada, mas firme, ao afirmar que o Sr. Drayvus não tinha a mínima vontade de falar comigo, nem agora nem nunca. Isso doeu. Não, isso partiu meu coração. O que eu tinha feito para ser rejeitada tão brutalmente? Em vez de me desencorajar, isso alimentou ainda mais minha teoria de que ele poderia ser quem eu estava procurando e que ele temia um possível reencontro.

Depois de todo esse tempo, eu me perguntei se Lana me reconheceria e se isso a faria me mandar embora. Seu olhar pesado confirmou que ela se lembrava de mim, mas mostrar meu cartão de visita foi o suficiente para me fazer entrar. Meus olhos percorreram o lugar, absorvendo-o pela primeira vez devidamente iluminado e livre da multidão que normalmente o aglomerava. O silêncio era assustador, nossos passos ecoando alto na antiga igreja quase vazia.

Alguns garçons corriam por ali, preparando as mesas para o serviço do restaurante, que começaria dali a algumas horas e iria até as 20h, quando o local voltaria a ser uma boate.

— Por aqui, Sra. Brent — Lana disse, me conduzindo em direção a uma porta grossa nos fundos — Alkor quer expandir o clube com salas temáticas nas antigas catacumbas. Infelizmente, a senhorita deve se lembrar da bagunça que aconteceu alguns anos atrás, que fez parte delas desabar?

Eu assenti, me lembrando muito bem dos processos judiciais que se seguiram pela negligência grave que poderia ter custado vidas.

— Ótimo — Lana continuou enquanto abria a porta enorme, revelando uma enorme escadaria de pedra que levava às catacumbas. Ela começou a descer, e eu a segui — Quando meu chefe decide fazer algo, ele quer para ontem. Neste caso, ele precisa que a primeira sala esteja aberta dentro de uma semana para um evento muito especial. Por enquanto, você não precisa se preocupar em ter um projeto completo das salas e layouts, nós só precisamos ajudar a garantir que os operários removam os escombros daquela primeira sala sem comprometer a integridade do prédio.

— Sim, claro. No entanto, nós precisamos de licenças...

— Nós pagaremos todos os extras necessários para agilizar o processo — Lana interrompeu — Eu sei que podemos receber um com urgência em 24 horas. Dinheiro não será problema, desde que você consiga liberar a sala em sete dias.

— Tudo bem — eu disse quando chegamos ao porão.

— Vocês são a terceira empresa que eu encontro esta manhã

para tratar deste projeto — Lana disse, virando-se para mim — A primeira declarou, sem rodeios, que não conseguiria entregar dentro do nosso prazo. A segunda disse que nos retornaria com um compromisso firme até às 14h de hoje. Vocês conseguiriam fazer o mesmo?

— Com base nos esquemas que você enviou com sua mensagem ontem à noite e nos relatórios de inspeção anexados, a menos que algo tenha mudado radicalmente desde que foram elaborados, eu não vejo motivo para não podermos entregar conforme sua solicitação — eu disse, confiante em minha avaliação. Eu queria muito esse trabalho, mas não tanto a ponto de arriscar minha carreira com falsas promessas — Naturalmente, isso custará substancialmente mais do que se estivéssemos tentando oferecer um preço competitivo com um prazo mais flexível. Mas se, como você disse, dinheiro não for problema, então, quando eu terminar de ver o local, devo poder confirmar que podemos realmente fazer isso por você.

— Boa resposta — Lana disse, com um sorriso largo.

Eu retribuí o sorriso, gostando instantaneamente dela. Mesmo em meus encontros anteriores, ela sempre foi uma mulher educada e elegante. Espiando ao redor da sala retangular de pedra bege escura em que havíamos pousado, eu sorri com a sensação familiar de ser transportada de volta no tempo sempre que visitava igrejas antigas. O cheiro empoeirado e mofado de lugares fechados nos recebeu quando entramos na sala, que tinha quatro corredores ramificados, dois à esquerda e dois à direita, e um corredor mais longo à frente, quase completamente bloqueado por escombros. Lana indicou que eu seguisse para a segunda passagem à direita. Pedras de cascalho estalavam sob meus pés enquanto caminhávamos no chão feito das mesmas pedras usadas nas paredes.

Para meu alívio, apesar do desabamento, a estrutura parecia tão sólida quanto os relatórios pós-incidente haviam afirmado. Mais à frente, eu pude ver os primeiros sinais de escombros obstruindo o cômodo. Ao nos aproximarmos da abertura, o telefone de Lana tocou. Ela o pegou e escutou por alguns segundos.

— Merda — ela xingou — Tudo bem, estou indo — Lana desligou e se virou para mim — Eu preciso resolver uma coisa lá em cima. Já volto. A sala é logo ali na frente. Isso aqui é um beco sem saída, então você não pode se perder.

— Sem problemas. Eu vou ficar bem — eu respondi, sorrindo tranquilizadoramente.

Na verdade, me convinha não ter ninguém me vigiando enquanto eu tentava trabalhar. Lana assentiu e voltou para o andar de cima. Eu atravessei o resto do caminho até a sala. Nenhuma porta a fechava, apenas um enorme portal em arco com um grande par de arandelas iluminando a entrada. Embora parecessem tochas antigas, elas eram, na verdade, luminárias de parede elétricas.

Ao entrar na sala, meu coração quase parou. Do lado esquerdo, em um pedestal estranhamente posicionado, uma enorme gárgula de pedra observava a sala. Eu gritei de surpresa e então meu cérebro congelou.

Eu conhecia esse rosto. O rosto que assombrava meus sonhos há vinte anos.

Eu te encontrei!

Com os joelhos tremendo, eu me aproximei dele com passos vacilantes.

Não é uma pessoa.

Quem teria esculpido uma réplica tão grande e realista do homem... criatura que me salvou tantos anos atrás? Desde a primeira vez que eu ouvi uma descrição de Alkor Drayvus, eu me perguntei se poderia ser ele. Eu nunca consegui vê-lo direito, e ele nunca permitiu que ninguém o fotografasse nitidamente. Mas mesmo à distância, ele parecia jovem demais para ser aquele que me salvou do afogamento... a menos que não tivesse envelhecido um dia.

Eu levei a mão trêmula ao rosto da gárgula. Eu senti a pedra fria ao toque, a textura estranhamente macia e polida. Meus dedos percorreram seus olhos, seu nariz e lábios estranhamente humanos, depois voltaram aos chifres curtos e pontudos que adornavam sua cabeça quase como uma coroa. Eles me lembravam os daqueles alienígenas de Star Wars – como aquele Darth Maul. Tinha que ser a gárgula mais bonita que eu já tinha visto, com feições quase humanas. As mãos agarrando a borda do poleiro em que se agachava, seu peito musculoso e braços protuberantes me faziam babar. Nos anos desde que Alkor Drayvus abriu o The Darkest Hour, ele estrelou muitas das minhas fantasias noturnas mais atrevidas, nas quais se parecia exatamente com essa gárgula.

Com vontade própria, minhas palmas exploraram vagarosamente seu peito largo. A atenção do escultor aos detalhes – até os mamilos da estátua – simplesmente me impressionou. Meus dedos traçavam as linhas do seu abdômen definido quando um movimento no canto da minha visão me assustou. Eu olhei para baixo, entre seus braços, para sua virilha, e me deparei com uma protuberância estranha – convenientemente localizada – que eu não havia notado antes. Olhando novamente para seu rosto, eu recuei um pouco. Seus lábios pareciam formar um leve sorriso de escárnio, com as pontas de presas afiadas se projetando. Eu também não me lembrava de tê-las visto antes. Será que meus olhos estavam me pregando peças?

Você estava muito ocupada babando por esses músculos sensuais.

Eu levei a mão de volta ao seu rosto e passei o polegar pelos seus lábios. Por alguma razão irracional, eu pressionei a ponta do polegar na ponta da sua presa. Ela se mostrou muito mais afiada do que eu esperava, me cortando. Com um leve chiado, eu puxei a mão e chupei a pérola de sangue que escorria dela. Olhando para baixo, meu queixo caiu.

Essa protuberância não era TÃO grande assim segundos atrás. Eu tenho certeza!

Mas a pedra não se moveu. Ou será que era pedra? Sempre do tipo "aja primeiro, pense depois", eu levei a mão até a virilha dele e apertei a protuberância.

Pedra.

Fria, dura e inflexível sob meu toque, minha imaginação estava claramente correndo solta.

— Que diabos você está fazendo? — Lana perguntou, e o som de sua voz – muito incomodada – me fez gritar de surpresa. Eu afastei a mão da virilha da gárgula e me virei para encará-la. Eu não precisava de espelho para imaginar a expressão de culpa e mortificação estampada no meu rosto. Como explicar a uma cliente em potencial que você estava molestando uma estátua porque achava que ela tinha uma ereção?

— Desculpe — eu disse, com as bochechas queimando de humilhação — Eu não devia ter tocado na estátua. É uma peça incrivelmente realista. E... o modelo se parece muito com alguém que eu já conheci.

Ela estreitou os olhos para mim — Alguém que você conheceu?

— É... Bem, eu não conheci a pessoa, mas... Você sabe quem foi o modelo desta estátua? O rosto dela é exatamente igual ao do homem que salvou minha vida vinte anos atrás. Eu estou procurando por ele desde então para agradecer. Então, ver o rosto dele nessa estátua me deixou perplexa.

Uma expressão estranha cruzou seu rosto. Naquele instante, eu acreditei que ela sabia quem era o modelo, ou talvez até mesmo o homem. Eu não arriscaria a sorte agora, mas acreditava que aquele homem fosse de alguma forma parente do chefe dela.

— Desculpe, a estátua veio junto com o prédio — Lana disse — Então, quanto à obra...?

— Certo — eu disse, saindo do meu transe — Vou precisar de uns trinta minutos, depois poderei te dar a minha resposta.

— Perfeito.

15

CAPÍTULO 3
ALKOR

Meu sangue fervia com uma fome raivosa. Se Lana não tivesse entrado na sala naquele momento, eu teria emergido da minha forma de pedra, jogado a engenheira tola no chão e a arrebatado ali mesmo. Meu pau pulsava de desejo insaciável. Já não bastava que, no momento em que a vi, minhas glândulas sexuais dispararam; ela precisava me tocar também? Como Lana pôde deixá-la entrar? Certamente ela reconheceu a mulher?

Brianna havia se transformado em uma linda mulher. Vinte anos atrás, durante um dos meus voos noturnos, eu testemunhei um motorista bêbado perdendo o controle do veículo e colidindo com outro. O veículo capotou antes de cair no rio. A mãe de Brianna morreu instantaneamente. Seu pai ficou ferido e inconsciente, embora tenha recuperado a consciência logo depois. Brianna não se feriu, mas ficou presa no banco de trás enquanto o veículo afundava. Eu os tirei de lá, deixando a mãe, já que ela estava além de qualquer ajuda. A garotinha me observou com os olhos esbugalhados, tanto de choque quanto de descrença. Sendo pequena, eu presumi que ela tivesse cerca de seis anos, mas, de acordo com as notícias dos dias seguintes, ela tinha oito.

Durante anos, eu pensei que ela teria esquecido do ser

estranho que a levou, junto com seu pai, de volta à segurança antes de desaparecer na noite. Ou talvez ela tivesse acreditado que o choque a fez inventar uma figura mítica para explicar como eles haviam sobrevivido. Mas quando ela apareceu no The Darkest Hour, logo após sua estreia, quase dez anos atrás, eu percebi que ela se lembrava e estava determinada a me encontrar.

Na época, assim como agora, no instante em que ela se aproximou, meus instintos de acasalamento despertaram, fazendo com que minhas glândulas reprodutoras se ativassem. Somente uma mulher destinada a ser a companheira de um Khargal poderia desencadear tal resposta. Quando eu a resgatei, vinte anos atrás, não fazia ideia de que estava salvando minha *Hondassa*. Por mais que eu ansiasse por reivindicá-la agora, para dar um fim à minha solidão, eu fiz tudo ao meu alcance para mantê-la à distância. A Primeira Diretriz ditava que mantivéssemos nossa existência em segredo dos humanos. De qualquer forma, que tipo de vida eu seria capaz de oferecer a ela ou aos nossos potenciais descendentes? Eles estariam condenados para sempre a viver escondidos comigo, como eu tive que fazer nos últimos mil anos.

Mas a ativação dos sigilos mudou tudo.

Permanecer imóvel no meu pedestal, desejando que minha ereção diminuísse, provou ser uma tortura do tamanho da Inquisição Espanhola. A sensação da mão dela na minha virilha persistiu enquanto eu a observava inspecionar a sala, tirar medidas e anotar. Por mais chateada que Lana estivesse, ela agora me lançava olhares zombeteiros sempre que Brianna estava de costas. Ela sabia o que Brianna significava para mim e me criticava bastante por não ter aproveitado a chance de estar com ela.

As mulheres finalmente foram embora, e eu me levantei do meu pedestal. Eu só pretendia observar as candidatas para ajudar Lana a decidir qual contratar. Eu simplesmente não esperava que Brianna aparecesse como uma delas.

Mas eu deveria saber.

De fato, eu deveria. Sempre me pareceu muita coincidência que ela tivesse se formado em engenharia arquitetônica, se especializando em igrejas e monumentos históricos. Que lugar melhor para encontrar e interagir com gárgulas?

A ideia de vê-la apalpando outras estátuas de gárgulas do jeito que fez comigo despertou uma raiva irracional em mim. Eu sabia que ela não havia encontrado nenhum outro Khargal. Eu os havia avisado de seu interesse por nós, e eles teriam me contado se ela encontrasse algum deles. Por outro lado, considerando que os poucos de nós ainda vivos estávamos espalhados pelo mundo, as chances dela encontrar qualquer um deles eram mínimas.

Eu esperei um pouco antes de subir. Lana teria levado Brianna até a entrada ou até o escritório dela, abrindo caminho para que eu pudesse voltar sorrateiramente para meus aposentos no andar de cima. Ouvindo Brianna falando, eu já sabia que a contrataríamos. Mesmo sem a confiança dela em entregar no prazo, eu já estava farto de evitá-la. A sensação das mãos dela no meu corpo me assombrava. Eu precisava de mais. Eu teria mais.

Graças à reativação dos sigilos, em algumas semanas eu estaria voltando para casa. Levar Brianna comigo seria, de certa forma, ignorar a Primeira Diretriz. Ela não tinha ninguém. Bem, ela ainda tinha o pai, mas, da última vez que eu conferi, eles haviam se afastado ao longo dos anos. Será que ela consideraria deixar seu planeta natal para seguir um ser alienígena que ela acreditava ser uma gárgula?

Andando de um lado para o outro pelo que pareceu uma eternidade, eu esperei que Lana terminasse com Brianna e viesse me atualizar. Perdendo a paciência, eu estava pegando meu celular para mandar uma mensagem quando a porta dos meus aposentos finalmente se abriu. Apesar da expressão divertida em seu rosto, seus olhos tinham um brilho muito mais sério.

— Ela é uma garota adorável — Lana disse — Ainda obcecada em te conhecer, embora tenha se saído bem em não ser tão óbvia desta vez. Ela também parece incrivelmente competente, apesar da pouca idade.

— Ela parecia talentosa — eu disse sem me comprometer.

— Quando? — Lana perguntou, o tom debochado ressurgindo — Quando ela estava te apalpando ou quando ela estava descrevendo o trabalho que precisaria ser feito antes de remover os escombros?

Eu olhei feio para ela para esconder meu constrangimento e como a lembrança fez meu sangue subir para a virilha novamente.

— Brianna não estava me apalpando — eu murmurei, me perguntando por que senti a necessidade de mentir em sua defesa.

— Sério? — Lana disse, arqueando uma sobrancelha, em dúvida — Eu me lembro claramente da mão dela esfregando toda a sua virilha.

Eu bufei – embora tenha soado mais como um rosnado – e me afastei dela para esconder que minha ereção estava voltando. Eu peguei meu filtro de percepção na prateleira da sala e fingi que estava mexendo nele.

— Você viu errado — eu disse, encerrando o assunto — Então, vamos contratá-la? Ou melhor, o escritório dela?

Lana assentiu — Sim. A Brianna é surpreendentemente eficiente. Ela já estava com as engrenagens girando, colocando um monte de gente de prontidão caso a gente lhe desse o contrato. Ela está confiante de que o trabalho pode começar depois de amanhã.

— Dois dias perdidos? — eu perguntei em protesto — Eu preciso desenterrar isso em uma semana.

Lana me lançou aquele olhar de "pare de ser tão diva" e se jogou na minha cadeira de couro preto, em uma tentativa deliberada de me irritar. Ela sabia que eu não gostava quando as pessoas se sentavam na minha cadeira. O sofá combinando e os bancos perto do bar ofereciam muitos outros assentos para os convidados – não que eu realmente tenha recebido algum.

— Calma. Francamente, é um tempo recorde, considerando que ela também vai nos dar a licença de construção — Lana disse — A coitada provavelmente não vai dormir nas próximas 48 horas para deixar tudo pronto a tempo. Este é o negócio que vai fazer a carreira dela. Se ela conseguir isso para a empresa dela, pode ter certeza de que eles vão contratá-la como sócia.

— Para retirar escombros? — eu perguntei, confuso.

— Não, cabeça de pedra — Lana disse, revirando os olhos — Para a expansão das catacumbas. Vai ser um empreendimento enorme, com muitos motivos para se gabar quando estiver pronto... em alguns meses.

— Certo...

Eu coloquei o filtro de percepção de volta na prateleira e abri minhas asas. Este seria, de fato, um projeto que definiria sua carreira. Será que ela o escolheria em vez de mim?

Por que diabos estou pensando nisso?

Certo, ela tinha excitado minhas glândulas. Isso não significava que ela teria algum interesse em mim. Provavelmente nós tínhamos menos de um mês antes que eu tivesse que ir embora. Isso não seria tempo suficiente para nos conhecermos o bastante para que ela tomasse uma decisão informada. Pela primeira vez, eu me chutei por não ter seguido o conselho da Lana, tantos anos atrás, de aproveitar a vida.

— Ela vai querer encontrá-lo quando o trabalho estiver em andamento para discutir seus planos para as várias salas nas catacumbas, para que ela possa começar a trabalhar em alguns layouts — Lana disse em voz baixa.

Eu caminhei até a grande janela com vista para o pequeno parque cercado por arranha-céus no coração do centro da cidade. Centenas de pedestres corriam pelas ruas, alguns deles já vestindo suéteres grossos ou blusões na manhã ensolarada, porém fresca, do início de outubro.

— Eu a encontrarei quando ela retornar na quinta-feira.

— Sério?

Olhando para ela por cima do ombro, eu sorri ao ver sua expressão chocada — Como você disse, às vezes, é preciso aproveitar o momento.

Lana ficou séria, levantou-se e se aproximou de mim lentamente. Eu me virei para encará-la. Ela segurou meu rosto com as mãos, com o olhar maternal que costumava lançar ao filho. Meu peito apertou. Apesar de ser séculos mais velha do que ela, Lana havia se tornado uma irmã mais velha e quase uma mãe para mim.

— Ela ainda desperta em você aquela... reação de ligação? — ela perguntou suavemente.

Eu assenti.

— Então não perca tempo. Aconteça o que acontecer, você nunca terá chance a menos que tente. Eu não posso ir para onde você está indo. Mas, onde quer que você vá, seria bom para mim saber que há uma garota simpática cuidando de você.

— Eu não sou uma criança — eu disse, franzindo a testa.

— Você é um homem. É a mesma coisa.

Puxando meu rosto em direção ao dela, ela ficou na ponta dos pés e beijou minha testa. Eu bufei e balancei a cabeça. Ela acariciou minha bochecha, depois se virou e foi embora.

Os dois dias seguintes se arrastaram para sempre. Eu entrei em contato com os poucos Khargals com quem ainda mantinha contato. Eles também estavam se esforçando para recuperar seus próprios sigilos. Não só nós precisávamos deles para encontrar o ponto de encontro, como, no meu caso, eu também tinha minha armadura, escudo e arma guardados com o sigilo. Embora pudéssemos enviar um sinal de autodestruição para qualquer sigilo que não conseguíssemos recuperar, isso não funcionaria com meu equipamento. Eu não podia arriscar deixá-los para trás, com medo de que humanos eventualmente os encontrassem e fizessem engenharia reversa em todo o meu equipamento de nível militar. Ao longo do último século, a evolução tecnológica deles havia sido realmente fenomenal e agora crescia exponencialmente a cada ano. Em suas mãos – pelo menos nas mãos dos menos escrupulosos – os sigilos poderiam ser usados para o mal. Eu esperava que Roc, um híbrido humano-Khargal que também morava aqui em Montreal, quisesse fazer a viagem comigo, mas ele estava tentando acordar o pai da hibernação. Roc e eu não éramos próximos, pois tínhamos personalidades completamente opostas. Travesso, o ladrãozinho impenitente não respeitava a Primeira Diretriz. Eu tive que bani-lo dos meus clubes por ser muito mulherengo. Mesmo assim, em Duras, ele não teria ninguém e não conhecia o nosso mundo.

Haveria tempo para discutir isso quando estivéssemos voltando para casa.

Por enquanto, eu tinha um encontro marcado com uma humana que me distraiu do meu dever. E um guerreiro nunca se desvia do seu dever.

CAPÍTULO 4

BRIANNA

L ana me conduziu para dentro do clube. Eu precisei de todo o meu controle para não olhar por cima do ombro dela em busca de Alkor Drayvus. Eu ainda não conseguia acreditar que ele finalmente havia concordado em se encontrar comigo. Para minha alegria – mas não para a de Lana – os operários haviam chegado às 7h e o trabalho de reforço já havia começado. Stephen, o gerente da construção, me deu uma rápida atualização sobre o andamento, confirmando que as coisas não só estavam no caminho certo, mas também que, salvo qualquer complicação imprevista, provavelmente nós terminaríamos antes do previsto.

Isso me agradou muito. Quanto mais cedo terminássemos de limpar os escombros, mais cedo começaríamos a construir a expansão. O que significava que mais tempo eu passaria com o Sr. Sombrio e Misterioso. Enquanto observava o trabalho feito até então, que incluía o reforço de todas as áreas das catacumbas, eu caminhei lentamente em direção à sala principal e à estátua de gárgula que se tornou uma verdadeira obsessão desde a primeira vez que a vi. Minhas mãos literalmente doíam por sua sensação incomum, fria com uma mistura estranha de pedra áspera e polida sob minhas palmas. Meu rosto esquentou ao pensar nos sonhos quentes e tão excêntricos envolvendo aquela estátua e eu, que me mantiveram acordada nas últimas duas noites.

Mas, acima de tudo, era o rosto daquela gárgula que me assombrava. Quando criança, aquele rosto foi tanto um bálsamo para o meu coração partido quanto um pesadelo que me perseguia. Ele foi o herói que me salvou da morte certa, na água gelada que subia sem parar, deixando meu corpo dormente e ameaçando me tirar o fôlego. Mas ele também era o rosto que aparecia na água escura e turva onde o corpo sem vida da minha mãe afundou. O rosto que me lembrava que ela nunca mais voltaria para casa e que meu pai nunca se recuperaria da perda dela. E, pior ainda, que meu pai jamais me perdoaria por me parecer tanto com ela, com o verdadeiro amor que ele nunca mais veria.

E, no entanto, dois dias atrás, não foi nenhuma dessas emoções que aquele rosto despertou em mim. Visto pelos olhos de uma mulher – claro, uma mulher com problemas de abandono e gostos estranhos para homens – sua beleza incomum me hipnotizou. Eu nunca tinha feito uma única tatuagem ou piercing – além dos lóbulos das orelhas – e sempre achei esquisitas as pessoas que se interessam muito por essas coisas. Mas olhando para aquela gárgula, aqueles ossos faciais e chifres eram extremamente sensuais. Nas poucas vezes em que me permitiram entrar no The Darkest Hour durante o horário de funcionamento do clube, eu fiquei um tanto desanimada com alguns dos implantes exagerados – muitas vezes malfeitos – que as pessoas colocavam. Mas aquela estátua...

De repente, eu me perguntei se era por isso que Alkor sempre permanecia nas sombras. Será que os cirurgiões plásticos tinham feito um trabalho ruim com seus implantes? O homem que me resgatou, pelo menos na memória caótica que eu guardava daquele dia, parecia natural. Por anos depois disso, eu acreditei que gárgulas eram reais. Mas, assim como as crianças param de acreditar em Papai Noel, eu acabei parando de acreditar em criaturas voadoras com chifres que vigiavam os indefesos durante a noite.

Ao retornar à sala principal, meus olhos imediatamente se voltaram para o canto esquerdo onde o pedestal da gárgula ainda estava... vazio.

— Onde está? — eu sussurrei, em pânico.

Olhando freneticamente ao redor – como se houvesse algo para ver além de muros de pedra e escombros – eu me virei para perseguir Stephen e exigir saber o que ele tinha feito com a estátua quando trombei em uma parede humana. Se não fosse por sua reação rápida, me agarrando pelos braços, eu teria caído de bunda.

— Ai! — eu disse, esfregando o rosto.

— Desculpe — disse uma voz grave — Eu não esperava que você tentasse me derrubar do nada.

Eu não sabia se ele estava zombando de mim ou não. Alto, largo e musculoso, ele claramente não era um dos operários da construção. Havia algo familiar em seu rosto, mas eu nunca o tinha visto antes. Queixo quadrado, olhos castanho-amarelados de um tom estranho e cabelos negros na altura dos ombros, ele era rudemente bonito. Eu deveria estar com as pernas bambas, mas tudo o que eu conseguia ver era o rosto da gárgula.

— Eu... me desculpe — eu disse, dando alguns passos para trás — Eu preciso encontrar o Stephen. Havia uma estátua gigante de gárgula aqui e... — eu disse, apontando para o pedestal vazio.

— Eu a movi — o homem interrompeu.

Eu olhei para ele, boquiaberta — Como é?

— Eu a movi — o homem repetiu — Não faria sentido deixá-la aqui em perigo durante a obra, não concorda?

Meu coração disparou quando eu finalmente percebi quem estava diante de mim. Atordoada demais para responder, meu olhar o percorreu, demorando-se em seu rosto. Sim, o tamanho e a altura correspondiam ao homem que eu vi à distância, mas sem chifres, sem asas, sem implantes.

— Você é normal — eu disse abruptamente, minha voz não escondendo nada da minha decepção.

Ele recuou surpreso enquanto minhas bochechas quase explodiam em chamas.

— Quer dizer... Nossa, me desculpe. Eu... É que... Mortificada não era o suficiente para descrever como eu me sentia agora.

— O que é normal? E por que tanta decepção? — perguntou o homem que eu presumi ser Alkor — Como a senhorita me imaginou, Srta. Brent? Andando dia e noite parecendo uma criatura saída diretamente do Submundo?

— Bem... sim? — eu respondi, dando de ombros um pouco envergonhada.

— Então, sinto muito por não corresponder às suas expectativas — ele disse, provocante — Devo ir me disfarçar?

— Claro que não — eu respondi, me perguntando se poderia piorar as coisas — Podemos... podemos recomeçar essa confusão toda? — eu perguntei — Olá, meu nome é Brianna Brent, sua engenheira. Prazer em conhecê-lo finalmente.

Eu estendi a mão, esperando que ele não me deixasse no vácuo.

Para meu alívio, ele sorriu e pegou minha mão. Seu aperto, firme, mas gentil, me deixou perplexa. Embora parecesse calejada, não foi essa a sensação das palmas dele. Havia um toque mais duro e áspero. Não desagradável, mas definitivamente estranho. Ainda assim, continuava sendo muito melhor do que mãos suadas e úmidas. Só de pensar nisso, eu senti uma sensação desagradável.

— Alkor Drayvus ao seu dispor — ele disse, com a voz rouca quase ronronando — Você...

Os sons da perfuração recomeçaram quando os trabalhadores encerraram a pausa, interrompendo Alkor. Com um sorriso levemente divertido, ele gesticulou com a cabeça para que eu o seguisse. Eu dei-lhe um sorriso agradecido e o segui enquanto ele subia as escadas.

— Vamos para o meu escritório — Alkor disse — Ficaremos mais à vontade para conversar.

Eu assenti, animada com a ideia de visitar o andar superior, que eu só tinha espiado do térreo, ou pelas fotos postadas online pelas pessoas "descoladas" com acesso às áreas VIP. No entanto, em vez de seguir em direção ao pequeno elevador nos fundos da igreja, ele abriu uma pesada porta de madeira a poucos metros da escada para as catacumbas. Ela dava para uma sala que eu imaginei que costumava servir como uma pequena capela para serviços privados.

A curiosidade logo pôs de lado essa segunda decepção. A luz natural que entrava pelos vitrais originais iluminava o ambiente com uma aura especial. Os móveis ecléticos vinham de diferentes épocas, em uma mistura estranhamente artística. Do medieval ao vitoriano, do moderno ao tribal, algumas peças pareciam pertencer a um museu. Algumas prateleiras escuras de madeira exibiam vários objetos que, mais uma vez, se assemelhavam a artefatos originais. Eu sabia que Alkor era rico – pelo menos, era o que diziam todos os boatos sobre ele. Mas o valor de sua coleção parecia atingir a casa dos milhões. Por que ele deixaria tantos tesouros tão facilmente acessíveis?

— Sente-se, Srta. Brent — Alkor disse, indicando um sofá vermelho-escuro que parecia ter saído de um filme de vampiros — Posso lhe oferecer algo para beber? — ele perguntou quando eu obedeci — Água? Café? Refrigerante? Algo mais forte?

— Água seria ótimo — eu disse, embora pudesse tomar algo mais forte. Mas eu precisava me manter alerta, e meus nervos não aguentavam cafeína naquele momento.

Ele tirou uma garrafa de água de uma minigeladeira habilmente escondida pelo que eu inicialmente presumi ser uma escultura decorativa de parede.

— Ah, não precisa de um copo — eu disse quando ele pegou um no frigobar — Eu não sou uma garota muito formal.

Seu sorriso satisfeito me disse que eu tinha ganhado alguns pontos. Por que isso importava, eu não sabia. Mas, por algum motivo, importava.

— Eu quero agradecer por me dar esta oportunidade de fazer o trabalho para o senhor, Sr. Drayvus — eu disse, me lembrando da regra de "sempre bajular o cliente importante" que minha empresa insistia em seguir.

— Alkor, por favor — ele disse, se sentando na cadeira à minha frente — Você verá que eu também não sou particularmente formal.

Eu acreditei, e ainda assim, havia algo solene nele. Ele usava palavras comuns quando falava e, ainda assim, conseguia soar como... não necessariamente presunçoso, mas definitivamente de outro nível social. Eu não sabia dizer se era o jeito como ele arrastava sutilmente certas sílabas, aquela voz rouca dele, ou como ele pronunciava as palavras como se tivessem gostos diferentes que ele saboreava. Príncipe me veio à mente...

— Claro. Mas então devo insistir que me chame de Brianna.

Ele me deu a garrafa, que eu aceitei graciosamente, e então voltou a se sentar.

— Brianna, então — ele disse, apoiando o tornozelo no joelho, e o sorriso se alargando — E você só conseguiu o contrato por mérito próprio. Você veio preparada, com um plano claro, sua equipe pronta para agir. Você atendeu às minhas necessidades onde outros falharam. Eu deveria agradecer por entregar em tão pouco tempo. Eu estou satisfeito com o progresso até agora.

Eu me envaideci sob a aprovação dele. Este contrato poderia decolar a minha carreira. Que coisa, matar dois coelhos com uma cajadada só. Embora eu tivesse conhecido meu homem misterioso, eu ainda precisava de respostas. Mas como eu poderia tocar no assunto sem revelar minha identidade?

— Eu também estou muito feliz — eu disse sem esconder o orgulho que sentia — Stephen é a pessoa a quem recorro sempre que eu preciso de um trabalho rápido e bem feito. Nós já colaboramos em muitos contratos e ele sempre cumpriu meus planos. Tenho certeza de que você ficará muito satisfeito com os resultados — Eu me mexi na cadeira e lambi os lábios, nervosa — Foi por isso que eu quase entrei em pânico quando vi a estátua da gárgula sumida. Como tudo o que você possui — eu disse, apontando para todos os artefatos em seu escritório — ela parecia de tremendo valor. Se algo tivesse acontecido com ela...

— Ela é inestimável para mim — Alkor disse, acenando com a cabeça quando minha voz se perdeu — Portanto, deixá-la no meio de uma obra me pareceu imprudente.

— Certo — eu disse, colocando uma mecha do meu cabelo castanho-dourado atrás da orelha — Tenho que admitir que estou fascinada por ela. Está em tão bom estado que presumo que tenha sido fabricada recentemente. Você conhece o modelo?

Alkor inclinou a cabeça para o lado e me lançou um olhar indecifrável — Por que pergunta?

Eu brinquei com minha garrafa d'água, abrindo e fechando a tampa, em um sinal claro de nervosismo — Ela... ela me lembra alguém especial. Alguém que desempenhou um papel importante na minha vida.

Alkor ergueu uma sobrancelha, curioso — Ah?

— Ele... — eu parei e tomei um gole d'água, sentindo a garganta subitamente seca. Meu instinto me dizia que Alkor sabia exatamente quem era o modelo — Ele salvou minha vida há muitos anos. Eu nunca tive a chance de agradecer àquele homem. Se for ele...

— Um homem com chifres e ossos faciais salvou sua vida? — Alkor perguntou.

Meu rosto esquentou, sabendo que tipo de pensamentos deviam estar passando pela cabeça dele naquele momento — As feições dele são as mesmas — eu disse, desviando da pergunta

— Os olhos, o nariz, a boca, o queixo quadrado e aquele cabelo ondulado e fofo. Você também é conhecido pelo seu disfarce incrível. E, no entanto, agora, você não poderia estar mais...

— Normal? — ele disse, me provocando quando minha voz sumiu.

Minhas bochechas queimaram novamente.

— Você gostaria de me ver com chifres e asas, Brianna?

— Sim! — eu disse rápido demais.

Alkor caiu na gargalhada — Bem, alguém certamente está ansiosa.

— Desculpa. Nossa — eu disse, mortificada — Normalmente eu sou mais controlada e...

— Não se preocupe — Alkor disse — Sua espontaneidade é revigorante. Volte amanhã à noite, quando o clube abrir. Você poderá subir de elevador até o meu camarote para ver, em primeira mão, o Senhor do The Darkest Hour.

— Sério? — eu perguntei, me inclinando para a frente, empolgada — Quer dizer, você não precisa. Eu não quero que você se sinta como... Sabe como é. Eu...

— Sim, é sério — Alkor disse, com os olhos brilhando de diversão — E não, você não vai me fazer sentir como um monstro, assim como eu normalmente não me sinto. Se não fosse assim, eu não teria oferecido.

Eu hesitei, sem saber bem como responder.

— Então está bem — eu disse, sem convicção — Obrigada. Eu adoraria.

— Não se esqueça do código de vestimenta — ele acrescentou.

Meu estômago embrulhou enquanto eu revisava mentalmente meu guarda-roupa. Eu não tinha nada de gótico hardcore. Mas eu tinha uma blusa boêmia com mangas bufantes e uma saia preta longa. Eu poderia comprar um colar gótico e um batom escuro no caminho para casa hoje. Era uma oportunidade ótima demais para perder. Eu faria dar certo.

— Eu não esquecerei — eu disse, me sentindo tonta.

Eu percebi então que Alkor havia habilmente desviado o assunto do homem que havia sido o modelo da gárgula. Tomando um gole d'água, eu pensei em retomar o assunto, mas não conseguia pensar em uma maneira de fazer isso sem me tornar uma perseguidora esquisita. Haveria outras oportunidades. Forçando-me a concentrar no motivo da minha presença ali, eu voltei a atenção para o meu contrato — Agora, sobre o contrato, eu preciso de mais detalhes sobre o que você pretende fazer com essas salas para que eu possa começar a fazer alguns primeiros rascunhos para sua aprovação. Eu também queria saber que tipo de evento você está planejando naquela primeira sala. Ela é bem pequena. Ainda dá tempo de abrir uma das outras salas, mais espaçosas, respeitando o seu prazo.

— Não — Alkor disse bruscamente. A firmeza do seu tom me surpreendeu — Eu preciso arrumar esta sala específica. Nenhuma outra.

— Certo — eu disse em um tom cauteloso — Foi só uma sugestão.

— E uma sugestão atenciosa. Obrigado — Alkor respondeu com um tom conciliador — Mas precisa ser esta sala. Ela é... especial.

— Tudo bem — eu disse. Sentindo que ele não aceitaria que eu continuasse me intrometendo, eu mudei de assunto.

Alkor então me contou seus planos para as doze salas nas catacumbas. Felizmente, os restos mortais já haviam sido removidos antes dele comprar a igreja, então não teríamos que lidar com isso. O projeto parecia ambicioso – definitivamente um empreendimento que definiria a carreira de alguém como eu. Cada sala seria configurada para permitir festas privadas temáticas, de vampiros a metamorfos, necromantes e demônios. Mas elas também seriam usadas como salas de escape, então vários cantos e recantos para esconder pistas seriam necessários. E por último, mas não menos importante, ele também queria algumas passagens secretas que permitissem o acesso entre as salas.

Eu precisaria trabalhar com Elisa, uma das melhores decoradoras de interiores que já conheci. Entre nós duas, e o orçamento praticamente ilimitado que ele estava permitindo, nós iríamos surpreender Alkor. Quando eu terminei de anotar, meus dedos estavam doloridos, mas minha imaginação transbordava de ideias.

Enquanto Alkor me acompanhava de volta à entrada, eu lancei-lhe alguns olhares furtivos. Superada a decepção inicial, eu tive que admitir que seu charme estava me conquistando aos poucos, sem mencionar que ele tinha um corpo de tirar o fôlego. A noite seguinte seria bem interessante.

— Tchau, Brianna — Alkor disse, com aquela voz louca e sensual — Espero vê-la novamente amanhã à noite.

— Acredite em mim, não mais do que eu — eu disse, aquela ansiedade miserável reaparecendo de forma irritante.

Alkor bufou, um brilho estranho percorrendo seus misteriosos olhos amarelos — De fato — ele disse, com um sorriso misterioso se abrindo em seus lábios carnudos.

— Até amanhã, então — eu disse antes de sair.

Enquanto eu saía na brisa fresca do fim da manhã, o olhar de Alkor me queimava pelas costas. Mas eu mantive a cabeça erguida, recusando a olhar para trás e revelar o quanto nosso encontro havia me afetado. O amanhã não poderia chegar rápido o suficiente.

E u acabei indo às compras e encontrei um espartilho steampunk preto de brocado ridiculamente sexy com fechos dourados na frente, o que o tornava muito mais fácil de fechar. Um bolero de manga comprida de flanela preta com babados deu um toque especial ao look, que eu completei com uma saia curta de couro preta e um par de botas pretas de salto alto steampunk. Eu deixei meu cabelo castanho-dourado solto, com as ondas naturais emoldurando meu rosto, e usei o mínimo de maquiagem – principalmente um pouco de rímel e um batom nude.

Olhando-me no espelho, eu tive que admitir que o resultado ficou ótimo. Tinha um quê mais gótico do que steampunk, o que me agradou. Eu estava com aquele ar de amante de vampiros, o que achei supersexy. Considerando que ainda faltavam pouco mais de três semanas para o Halloween, eu cobri minha roupa com um longo casaco de couro preto, para não deixar meus vizinhos curiosos começarem a fazer perguntas caso me encontrassem a caminho da garagem.

Depois de deixar meu carro em um estacionamento subterrâneo próximo, eu caminhei nervosamente até a entrada do The Darkest Hour. Uma fila já havia se formado do lado de fora, com clientes ansiosos em uma variedade de trajes impressionantes. O porteiro me reconheceu, mas seus olhos se estreitaram ao ver meu casaco "tradicional". Eu o tirei, revelando minha roupa mais adequada por baixo. Com um sorriso de aprovação, ele gesticulou para que eu entrasse, à frente do grupo. Eu nunca tinha feito parte da "turma da moda" que conseguia furar a fila antes. Foi incrível! Eu adorei os olhares invejosos deles, cada um se perguntando quem eu era e o que me tornava tão especial.

Eu tenho um encontro com o chefão, suas vadias! Morram de inveja!

A festa já estava a todo vapor lá dentro. Multidões de pessoas tomaram a pista de dança de assalto, outras bebericavam drinques de aparência exótica servidos em copos em formato de caveira, ou com fumaça no topo, como se gelo seco tivesse sido jogado em suas bebidas. A maioria das cabines ao longo das paredes já estava cheia, carregada de garrafas e petiscos para os clientes ricos que as ocupavam. Mas eu não tinha tempo para nada disso. Meu coração pulsava em sintonia com a batida forte da música enquanto eu caminhava para os fundos, em direção ao elevador privativo. Outro segurança, cujo nome eu não lembrava, acenou para mim quando me aproximei. Ele abriu a porta da cabine do elevador e gesticulou com a cabeça para que eu entrasse. Ele usou um chaveiro no painel de segurança e então apertou o botão para subir antes de sair e fechar a porta atrás de si.

O elevador subiu rapidamente, e meus ombros ficaram tensos de ansiedade, expectativa e a terrível sensação de que algo importante estava prestes a acontecer; uma linha seria cruzada, e não haveria como voltar atrás.

O elevador parou na varanda privativa, à qual apenas Alkor tinha acesso. Com a mão trêmula, eu abri a porta da gaiola e saí. Alkor, de costas para mim, olhava para a multidão festejando, com as mãos apoiadas no corrimão. Duas enormes asas de couro, com esporas de aparência cruel no topo e nas pontas, pendiam dobradas em suas costas. Elas se flexionavam, um movimento incrivelmente natural para próteses mecanizadas.

— Bem-vinda, Brianna — Alkor disse, sem se virar. Sua voz soou mais grave do que antes.

— Oi — eu sussurrei, lutando para encontrar minha voz.

Ele virou o rosto de lado, me dando uma visão de perfil. Meu estômago embrulhou ao ver os ossos faciais e os chifres curtos saindo de seu cabelo.

Eu conhecia aquele rosto. Mas a escuridão me impedia de ter certeza. Eu avancei com passos hesitantes, minha respiração ofegante, como se a pressão excessiva no meu peito me impedisse de respirar direito. Parando a apenas 60 centímetros dele, sua longa cauda se contraiu quando eu levantei a mão, com os dedos trêmulos, e alcancei sua asa direita. Ainda me olhando por cima do ombro, Alkor esticou a asa, me permitindo explorar sua textura macia e coriácea. Uma rede de veias cruzava a membrana escura entre os ossos. Minha palma a percorreu, depois em direção ao meio de suas costas, onde se prendia perfeitamente à lateral de sua espinha, abaixo da escápula. Nenhuma engenhoca a prendia ao seu corpo.

— Elas são reais — eu sussurrei — Você é real.

Alkor se virou, o rosto inexpressivo, embora um músculo se contraísse na borda do maxilar. Meu queixo tremeu e meus olhos se marejaram ao contemplar o rosto que assombrou meus sonhos pelos últimos vinte anos. O maxilar forte, os olhos amarelos, a testa proeminente e os lábios sensuais. Com vontade própria, minhas mãos envolveram seu rosto, traçando cada uma de suas feições como se para confirmar o que eu estava vendo. Alkor fechou os olhos e seus lábios se entreabriram enquanto ele se rendia ao meu toque. Um par afiado de presas espreitava entre elas. As pontas rombudas de seus chifres arranhavam minhas palmas, enquanto a sensação sedosa de seus pelos castanho-escuros as acalmava.

— É você. É você — eu repeti, com lágrimas que não conseguia controlar escorrendo pelo meu rosto — Eu te encontrei. Depois de todos esses anos, eu te encontrei.

Abraçando-o pelo pescoço, eu enterrei o rosto em seu peito e chorei copiosamente. Seu braço em volta das minhas costas e sua mão acariciando meus cabelos só me fizeram abrir ainda mais as comportas. Naquele instante, não foi apenas a gratidão emocional que me dominou, mas o medo, a tristeza e a perda que eu sofri naquele dia, e nos anos seguintes, tudo isso desabou sobre mim.

— Calma, Brianna. Calma — Alkor sussurrou, ainda acariciando meus cabelos delicadamente — Eu estou aqui. Você está segura. Acabou. Nenhum mal irá te acontecer.

Eu o apertei com mais força e assenti, profundamente comovida por ele ter entendido sem precisar de explicação. Meu rosto roçou em seu pescoço, a textura de sua pele levemente áspera, como sua mão parecia ontem, quando a apertei. Forçando-me a me segurar, eu afrouxei relutantemente e olhei para ele, me sentindo um tanto envergonhada. Seus olhos amarelos me fitavam com tanta ternura que meu peito se apertou. Ele enxugou delicadamente minhas lágrimas com os nós dos dedos e me deu um beijo na testa.

— Por quê? — eu perguntei baixinho — Por que você se escondeu de mim todos esses anos? Por que se revelou agora?

Uma expressão preocupada cruzou seu rosto incomum, e ele desviou o olhar.

— Por favor — eu implorei — Eu preciso saber. Você sabia quem eu era todos esses anos quando se recusou a me ver, não é?

Alkor suspirou e assentiu — Eu estava tentando proteger nós dois. Venha — ele disse. Com a mão na minha cintura, ele me levou até um grande banco de couro acolchoado.

Apesar da luz fraca, eu pude ver que os poucos móveis na ampla cabine privativa eram de alta qualidade. Mais uma vez, a maioria das peças parecia ser antiguidade. Além do banco, uma cadeira combinando e um sofá de três almofadas em volta de uma mesa de centro de madeira, a cabine possuía seu próprio frigobar, uma mesa circular com capacidade para dez pessoas e um conjunto de cinco monitores que exibiam todas as principais áreas do clube em rotação.

Eu me sentei no banco e Alkor se acomodou ao meu lado, nossos braços se tocando.

— Me proteger escondendo que você é uma gárgula? — eu perguntei gentilmente — Aquela estátua era você, certo?

Alkor sorriu — Aquela estátua era eu mesmo, mas não sou uma gárgula. Eu sou um Khargal.

Eu pisquei, sem saber a diferença — Essa é uma raça diferente de gárgulas?

Alkor riu baixinho — A gárgula é uma lenda humana inspirada nos Khargals. Minha espécie está entre os humanos há séculos, vivendo escondida. Mas avistamentos ocasionais são inevitáveis. Os humanos criaram sua própria história com base em eventos reais, mas também com base em muitas suposições e especulações.

— Certo, mas de onde você vem? Onde o seu povo normalmente mora? — eu perguntei — Quer dizer, você não é realmente de algum tipo de Submundo, né?

Alkor caiu na gargalhada — Não, Brianna. Eu não venho do Submundo. A verdade é que existem pouquíssimos da minha espécie por aí. Na verdade, pouco mais de vinte.

— Vinte? — eu exclamei, arregalando os olhos — O que aconteceu? Vocês foram caçados? Vocês não têm muitos filhos?

— Todas as nossas mulheres aqui morreram — Alkor disse em um tom sombrio — Alguns dos meus irmãos se casaram com humanas e tiveram descendentes híbridos.

— Ah, me desculpe. Foi falta de consideração da minha parte me intrometer assim — eu disse, mortificada pela minha falta de tato.

— Tudo bem — Alkor disse com um sorriso gentil — Aconteceu há muito tempo. Mas, como você pode imaginar, quanto menos pessoas souberem sobre nós, melhor. Certos grupos desagradáveis adorariam nos pegar para nos transformar em ratos de laboratório.

Do jeito que ele disse isso, ele claramente já tinha lidado com alguns desses indivíduos "desagradáveis".

— Então por que você finalmente concordou em se revelar para mim agora?

— Algumas coisas... mudaram. Coisas que me fazem reconsiderar minha postura diante de certas... situações.

— Algumas coisas, o que quer que seja, o fazem querer reabrir aquela sala? — eu perguntei.

Alkor estreitou os olhos para mim, e eu sustentei seu olhar, desafiando-o a me contradizer.

— Sim — ele admitiu — Algumas coisas assim.

— O que você realmente busca? Qual é a sua agenda? — eu perguntei — O que você quer?

— Há muitas coisas que eu quero, Brianna. Muitas coisas —

Alkor disse, seus olhos se abaixando para a minha boca — Mas isso fica para outra hora.

Eu lambi os lábios em um gesto involuntário e nervoso. Seus olhos amarelos escureceram, transformando-se em ouro derretido. Meu estômago revirou enquanto seu olhar permanecia grudado na minha boca.

— Você pode confiar em mim, sabia? — eu disse, inclinando para a frente — Você salvou a minha vida. A vida do meu pai também. Eu jamais te trairia ou te faria mal.

— Eu quero confiar em você — ele sussurrou — Eu quero...

Sua voz sumiu, substituída por um rosnado quase animalesco. E então seus lábios pressionaram os meus. Eu não conseguia dizer com certeza quem havia beijado quem, pois eu lutava contra a vontade de me jogar nele. Eu acolhi sua língua invasora, uma bola ardente de desejo girando em minha barriga. Meus dedos encontraram o caminho por seus cabelos, os chifres tornando um pouco estranho mexer neles. Em um movimento tão rápido que fez minha cabeça girar, Alkor me levantou sem esforço com uma mão sob meu traseiro e me posicionou para sentar em seu colo. Sua boca engoliu meu grito de surpresa enquanto ele mergulhava atrás de mais.

Embora não fosse recatada, eu não tinha o hábito de pular em um homem por quem me sentia atraída. Mas este homem... este Khargal... eu queria que ele me arrebatasse. E Alkor parecia igualmente faminto por mim. Inclinando minha cabeça para trás, ele cobriu meu pescoço de beijos, suas presas raspando minha pele sensível, fazendo meu estômago tremer de medo e excitação. Sua mão desceu até meu traseiro, me pressionando contra sua pélvis. A rigidez roçando meu ânus não deixava dúvidas sobre seu nível de excitação.

Só quando senti meu corpete se soltar é que eu percebi que Alkor havia aberto os dois primeiros fechos. Curvando-me ainda mais para trás, ele continuou a abrir os outros enquanto a umidade quente de sua boca se fechava em volta do meu mamilo. Eu joguei a cabeça para trás e gemi, o prazer me percorrendo tanto do meu peito quanto da fricção divina e perversa de sua virilha contra a minha. Minha saia curta, tendo subido, significava que minha calcinha não atenuava em nada a sensação de seu pau duro esfregando-se contra mim. Alkor, com o peito nu, usava apenas uma calça cinza justa, de um tecido desconhecido, que também me permitia senti-lo como se estivesse completamente nu.

Meu corpete caiu e Alkor me puxou de volta para si, recapturando meus lábios. A pele ardente de seu peito nu contra o meu me arrancou outro gemido. Seus braços em volta das minhas costas me seguravam com uma possessividade incrível, como se temesse que eu fosse fugir ou desaparecer. Nenhum pensamento poderia estar mais distante da minha mente.

— Eu quero você — Alkor rosnou contra meus lábios, a urgência em sua voz fazendo meu estômago revirar e minhas paredes internas latejarem — Eu preciso de você.

— Sim — eu sussurrei, minha voz tremendo com um desejo irracional.

Alkor rosnou novamente, sua mão deslizando ao redor e por baixo da minha bunda, seus dedos abrindo o tecido fino da minha calcinha para provocar a abertura da minha boceta. Um gemido estrangulado escapou de mim, e eu me contorci sob seus cuidados, precisando de mais.

— Você já está molhada... Muito, muito molhada para mim — Alkor disse.

— Eu preciso de você — eu disse, ecoando suas palavras anteriores, ansiosa para senti-lo dentro de mim.

Eu senti – mais do que vi – que ele liberou seu pau. E então a cabeça dele empurrou contra a minha abertura. Apesar da minha excitação escorregadia, o encaixe se mostrou apertado. Alkor penetrou com uma série de estocadas superficiais. Eu precisei de toda a minha força de vontade para não me empalar em seu membro, a necessidade de senti-lo profundamente dentro de mim sobrepujando todos os outros pensamentos e até, quase, meu senso de autopreservação.

— Você é minha — Alkor disse, com a voz carregada de desejo, depois de ficar totalmente embainhado — Você é toda minha agora.

Suas asas nos envolveram enquanto ele começava a bombear para dentro e para fora de mim. Cada estocada me despertava para um mundo totalmente novo de sensações. Eu não tinha visto seu pênis, mas conseguia sentir as ondulações incomuns ao longo de sua extensão me acariciando do jeito certo.

A respiração ofegante de Alkor em meu ouvido e seus gemidos sensuais atiçavam ainda mais o fogo que me consumia por dentro. A textura peculiar de sua pele fazia cócegas em cada uma das minhas terminações nervosas. Ele estava dentro de mim, ao meu redor, me levando a alturas pecaminosamente deliciosas enquanto eu começava a atingir o clímax. Com o coração batendo forte e a pele queimando, eu desabei enquanto o inferno furioso nas profundezas do meu âmago irrompia em ondas de êxtase. Meu corpo se contraiu e eu gritei seu nome. Alkor continuou a bombear furiosamente para dentro e para fora de mim, seu abraço doloroso me apertando enquanto ele se aproximava do próprio clímax.

— Brianna — Alkor disse — Brianna! — ele repetiu, desta vez como se estivesse com dor.

Com a visão turva, ainda ressoando do meu próprio êxtase, eu o observei engolir dolorosamente, as presas à mostra, um olhar faminto no rosto, como se lutasse para não enterrá-las no meu pescoço. E então, ele jogou a cabeça para trás, gritando sua libertação, as asas se abrindo atrás dele. Sua semente jorrou profundamente dentro de mim e, por um breve momento, eu percebi que não tínhamos usado proteção. E, no entanto, por algum motivo, eu não consegui me preocupar. Com o corpo ainda tremendo com o orgasmo, Alkor olhou para mim com tanto espanto e quase adoração que eu me derreti contra ele.

Ainda enterrado profundamente, ele mais uma vez fechou suas asas ao nosso redor e me beijou lenta e ternamente.

— Minha mulher — Alkor sussurrou contra meus lábios — Eu vou mantê-la.

Eu não sabia o que dizer, mas ele não parecia esperar uma resposta. Pela eternidade seguinte, com nossos corações batendo em sintonia com o ritmo da música dentro do clube, nós permanecemos abraçados, saboreando aquele momento de intimidade.

CAPÍTULO 5

ALKOR

E u não conseguia parar de me deliciar com a minha mulher enquanto ela dormia pacificamente na minha cama. Apesar de já tê-la possuído quatro vezes – três ontem à noite e depois de acordá-la para outra rodada durante a noite – eu ainda ansiava por ela. Minhas glândulas sexuais incharam no fundo da minha garganta, exigindo a liberação da minha *dassa*, para o beijo de acasalamento. O fluido de ligação a tornaria minha companheira de vida. O mesmo com minhas presas, que doíam para completar a mordida de ligação. Embora não fosse necessário, isso aceleraria o processo. Mas eu não podia fazer isso levianamente, e especialmente sem o consentimento dela. As consequências eram muito grandes. A falta de sexo na minha vida não explicava essa necessidade insaciável que ela havia despertado em mim. Khargals não eram escravos de sua libido. A menos que encontrássemos nossa companheira, nosso desejo sexual permanecia mínimo.

Mas, companheira ou não, ao me revelar a Brianna, e pior ainda, ao me tornar íntimo dela, eu havia pisoteado a Primeira Diretriz. Como soldado de carreira e oficial de alta patente, eu sempre me orgulhei de seguir regras e fazer cumprir as leis – e não quebrá-las. Por um milênio, eu resisti à tentação, até mesmo nos últimos vinte anos, desde que conheci Brianna – embora os últimos dez, depois que ela atingiu a maioridade, tenham se mostrado realmente dolorosos.

As poucas mulheres com quem tive intimidade ao longo desses mil anos, apenas uma vez cada, não faziam ideia da minha verdadeira natureza. Eu também me certifiquei de não engravidá-las. Reproduzir com humanos seria uma violação ainda maior das regras. Alguns dos meus irmãos o fizeram. Eu desaprovava severamente suas ações, mas, abandonados e sozinhos por séculos, parecia cruel invejá-los por encontrarem o mínimo de felicidade que pudessem.

Naquela época, eu não acreditava que uma mulher humana pudesse despertar nossos instintos de acasalamento. Mas conhecer Brianna virou essa ideia de cabeça para baixo. Mesmo assim, eu permaneci firme na minha observância das regras, agonizando a cada dia com a ideia de que minha mulher estava envelhecendo e, em breve, sua curta vida humana a afastaria de mim para sempre. O fato dela ainda estar na casa dos vinte anos tornou a escolha mais fácil. Mas será que minha determinação teria permanecido inabalável à medida que ela envelhecesse?

Ontem à noite, eu havia quebrado todas essas regras e ansiava por quebrá-las ainda mais. Morder Brianna, compartilhar meus fluidos de acasalamento com ela, aumentaria sua expectativa de vida e tornaria seu corpo mais forte, menos vulnerável a doenças, frio, calor e privações de todos os tipos. Isso também a prepararia para receber meu filho e permitiria uma implantação bem-sucedida.

Brianna se mexeu. Suas pálpebras tremeram e ela esticou seus membros longos e tonificados. O cobertor escorregou, expondo mamilos rosados de dar água na boca. Incapaz de resistir ao seu apelo, eu envolvi meus lábios em torno do seu mamilo esquerdo. Assustada, Brianna soltou um grito de choque, que se transformou em uma risada divertida. Seus dedos se entrelaçaram em meus cabelos enquanto eu chupava seu pequeno nódulo endurecido.

Eu adorava seu sabor doce e a maciez da sua pele. Empurrando o cobertor para o lado, revelando sua nudez sensual, eu deixei minhas mãos percorrerem sua barriga lisa antes de mergulhar entre suas pernas. Ela prendeu a respiração e suas costas arquearam. A resposta de Brianna ao meu toque me deixou louco. A prova de sua excitação já cobria meus dedos. Eu prossegui com meu ataque manual até que ela se desfez, e só então me enterrei no calor escaldante de sua vagina apertada. O abraço úmido de suas paredes internas ao redor do meu pau incendiou meu sangue, cada estocada enviando faíscas elétricas pela minha espinha e por todas as minhas terminações nervosas.

Minhas glândulas sexuais incharam ainda mais. A necessidade primitiva de prendê-la me torturava além das palavras. Suas mãos delicadas, me explorando febrilmente, impacientes e possessivas, ajudaram a me distrair daquele tormento. Elas despertaram sensações diferentes de tudo que eu jamais havia imaginado. Brianna já havia se tornado um vício que eu não conseguia – não queria – abandonar. Eu a penetrei de forma imprudente, me forçando a esfregar minha pélvis contra a dela, a cada cinco estocadas, mais ou menos, para estimular seu clitóris da maneira certa.

Quando um clímax violento a arrebatou, suas paredes internas, me apertando, forçaram meu próprio orgasmo a se esvair. Segurando-a com força, eu enterrei meu pau profundamente enquanto meu sêmen jorrava em um fluxo de êxtase. Nós nos beijamos – uma prática incomum para o meu povo, mas que eu apreciava muito – e permanecemos abraçados até que nossos corações e respirações se acalmassem.

Com muita relutância, eu finalmente me afastei de Brianna e a levei pela mão até o banheiro. Enquanto tomávamos banho juntos, ela deu uma boa olhada nas minhas partes íntimas pela primeira vez. As saliências ao longo delas a fascinaram.

— Então era isso que estava me torturando da maneira mais maravilhosa — ela sussurrou, agachando-se na minha frente para ver melhor.

Meus músculos abdominais se contraíram e meu eixo se moveu em resposta aos dedos dela esfregando cuidadosamente meus sulcos. Segundos depois, sua boca se fechou em volta do meu pau. Brianna trabalhou com seus lábios e língua divinos, me acariciando em contraponto aos movimentos de sua boca até que eu gozei novamente. Seu gemido surpreso de prazer me alcançou através da névoa luxuriosa em que eu me afogava.

Eu pisquei, olhando para ela enquanto ela primeiro lambia os lábios e depois as gotas de sêmen que permaneciam no meu eixo.

— Cara... Você tem gosto de caramelo salgado! Você vai receber boquetes com frequência!

Eu fiquei boquiaberto quando ela se levantou antes de cair na gargalhada — Bem, essa é uma promessa da qual certamente não vou reclamar — eu disse, puxando-a para meus braços.

O som estridente do alarme do telefone dela nos tirou do beijo carinhoso que tínhamos começado a trocar.

— Porra! Eu vou me atrasar para o trabalho — Brianna exclamou. Ela tomou o resto do banho às pressas e depois se secou rapidamente — Por favor, diga que você tem alguma blusa que eu possa pegar emprestado — ela disse — Eu não posso ir trabalhar com esse corpete. A saia e os sapatos vão levantar suspeitas, mas eu consigo me safar com eles.

Eu não tinha camisas de verdade. Elas não combinavam bem com asas e ficariam estranhas quando eu assumisse a forma de pedra. De qualquer forma, meu filtro de percepção me poupava do trabalho.

— Hmm, seu empregador ficaria bravo com uma camiseta do The Darkest Hour? — eu perguntei.

Brianna mordeu o lábio inferior por um segundo — Não. Deve ficar ótimo. É elegante, e preto sempre fica bem. O único problema é que eu estou sem sutiã e as malditas salas de reunião são sempre frias.

— Você tem os seios mais perfeitos — eu disse, beliscando um dos seus mamilos. Redondos e empinados, do tamanho perfeito para caber nas minhas mãos, seus seios imploravam por minha atenção novamente.

— Ei! — ela exclamou, dando um tapinha na minha mão.

Eu dei uma risadinha e peguei minha pulseira com filtro de percepção. O olhar de Brianna pesava sobre mim enquanto eu a colocava. Antes que eu pudesse ativá-la, sua palma esfregou minhas costas sem asas, seus dedos demorando-se na fenda quase invisível abaixo da minha escápula. Ela a examinou com uma expressão de admiração.

— Eu ainda não consigo aceitar o fato de que você pode fazer suas asas desaparecerem e depois fazê-las crescer novamente — ela sussurrou.

O olhar de espanto no rosto de Brianna quando eu guardei minhas asas ontem à noite, depois que a levei para minha cama, ainda me fazia rir.

— Eu não as "faço crescer" de novo, mas sim, é mais prático poder guardá-las. Elas tornam dormir na cama bastante desconfortável. Mas essa cauda — eu disse, lançando um olhar descontente para ela — não tem como se livrar dela.

Brianna riu enquanto eu enfiava minha cauda nas calças e a enrolava na minha perna direita.

— Eu já volto com a camiseta — eu disse, ativando meu filtro de percepção.

Seus olhos se arregalaram quando eu assumi a aparência do homem comum que ela conheceu nas catacumbas, vestindo uma camisa preta e calças de couro. Enquanto descia as escadas correndo, em vez de usar o elevador, eu ponderei novamente sobre a sensatez de revelar tanto a Brianna, tão rapidamente – de pisar tão imprudentemente na Primeira Diretriz.

Ela é minha. Ela é minha companheira.

De fato, ela era. Ontem à noite, durante toda a noite, e novamente esta manhã, ela se entregou a mim de bom grado. Até mesmo agora, o gosto dela permanecia na minha língua. Eu ainda não havia revelado as partes mais importantes. Ela precisava ser amenizada para toda a verdade. Pela primeira vez, eu me senti grato por tê-la resgatado tantos anos atrás. Aquele encontro a preparou mentalmente para aceitar a minha existência.

Eu corri de volta para o andar de cima e a encontrei secando o cabelo. Ela vestiu a camiseta. Como temia, seus mamilos denunciavam a ausência de sutiã, me dando vontade de arrancá-la e jogá-la de volta na minha cama. Eu resisti à vontade. Não era assim que eu pretendia começar nosso relacionamento. Por mais insaciável que ela me fizesse sentir, Brianna precisava saber que meu interesse por ela não era puramente sexual.

— Você quer jantar comigo esta noite? — eu perguntei, observando-a escovar rapidamente o cabelo.

— Eu adoraria... Ah — ela disse, com o rosto passando de animado para desanimado — Eu já tinha planos para esta noite. Talvez você possa vir comigo? — Brianna disse, com a esperança brilhando nos olhos.

— Talvez — eu respondi cautelosamente — Que tipo de planos?

— Tenho um ingresso para os Jardins de Luz no Jardim Botânico. Meu escritório me deu como preparação para um projeto futuro. Eles me ofereceram dois ingressos, mas como eu não tinha alguém para levar, eu recusei. Mas se você quiser vir comigo... Sabe, eu... eu adoraria sua companhia.

Ela falou rapidamente, o leve tremor em sua voz e o arregalar dos olhos revelando seu nervosismo e medo óbvio de ser rejeitada.

Mulher boba.

Eu estava quebrando a cabeça tentando pensar em alguma atividade legal para fazer com ela, como os homens humanos fazem durante o cortejo. Ela só facilitou as coisas para mim.

— Eu adoraria acompanhá-la — eu disse, sentindo um calor estranho percorrer meu peito enquanto ela me olhava radiante — Mas não me importo de comprar meu próprio ingresso.

Brianna balançou a cabeça — Os ingressos estarão esgotados esta noite. E a firma não vai se importar — ela pegou o casaco e sorriu agradecida quando a ajudei a vesti-lo — Eu preciso mesmo ir. Eu tenho uma proposta idiota para fazer aos figurões. Eles não vão gostar se eu me atrasar.

— Então vai ser uma bela apresentação — eu disse provocativamente, olhando para seus mamilos aparecendo através de sua camiseta.

— Eu vou comprar um sutiã na La Senza a caminho do escritório. Tem uma aqui perto.

— Se estiver aberta.

Ela me olhou feio e me deu um tapinha brincalhão no ombro.

— Pare de ser um profeta da desgraça!

Eu dei uma risadinha e a puxei para os meus braços — Eu me diverti muito com você, Brianna, e mal posso esperar para te conhecer melhor. Eu... espero que o sentimento seja mútuo.

Ela sorriu, com um belo rubor subindo pelas bochechas — Eu gosto muito de você, Alkor. Mal posso esperar para passar mais tempo com você.

— Ótimo — eu sussurrei antes de beijá-la novamente.

Brianna se inclinou para mim e nossas línguas se misturaram por um momento antes que ela se afastasse.

— Eu preciso ir — ela disse suavemente — Te vejo mais tarde, ok?

Eu assenti e a acompanhei escada abaixo, atravessando a saída lateral do clube. Uma estranha sensação de perda me invadiu enquanto eu a observava se afastando rapidamente. Com um suspiro pesado, voltei ao meu escritório e liguei para o meu tabelião.

Chegou a hora de colocar minha casa em ordem.

CAPÍTULO 6

BRIANNA

Como Alkor havia previsto, a loja de lingerie estava fechada. Claro que estaria. Nada abria antes das 10h. A atendente, que já estava lá para preparar a abertura da loja, se recusou a me dar uma mão. A sala de reuniões, congelante como sempre, deixou meus mamilos em pé durante toda a reunião. Eu queria acreditar que a genialidade da minha apresentação havia me rendido tanta atenção dos presentes, mas eu sabia que não.

Mesmo assim, os sócios pareceram satisfeitos, não apenas com a apresentação, mas também com o feedback que receberam até então de Lana Dalghren sobre o progresso no The Darkest Hour. Será que eles ainda ficariam satisfeitos se soubessem que o dono passou a noite, a madrugada e a manhã me fodendo sem parar? O que eles diriam se eu lhes dissesse que não tomei meu mochaccino matinal de sempre porque não queria estragar o gosto persistente de caramelo salgado na minha língua, depois do boquete mais incrível que eu já fiz? Quão chocados eles ficariam se descobrissem que eu passei o dia todo mostrando os mamilos para eles como consequência da minha caminhada da vergonha?

Meu rosto esquentava cada vez que eu pensava na forma lasciva com que eu tinha me comportado. Como eu pude pular na cama dez minutos depois do nosso primeiro encontro? Que droga, nem tinha sido oficialmente um encontro. Depois da primeira rodada no banco da sua cabine privativa, eu fiquei horrorizada ao perceber que as pessoas nas cabines VIP poderiam ter nos visto. Embora Alkor tenha me garantido que não podiam porque estávamos muito atrás, eu não pude deixar de me perguntar se ele fechar as asas em volta de nós enquanto me fodia tinha sido para nos proteger da vista.

Apesar de tudo isso, eu não me arrependi de ter passado a noite com Alkor. Alucinada nem começava a descrever o que ele me fez sentir. Mas, mais do que o sexo em si, foi a ternura com que ele me abraçou, tocou e acariciou que realmente me conquistou. Eu temia que ele pudesse ter me achado uma garota fácil e me mandado embora depois de conseguir o que queria, mas nada em seu comportamento indicava que ele me considerasse uma garota para sexo casual. Isso teria me destruído.

Durante anos, eu sonhei em conhecer meu salvador. Eu nunca imaginei que seria assim. Embora, quando criança, eu tenha começado a fantasiar sobre ele com sonhos molhados bem vívidos.

Enquanto caminhava de volta para o carro, um milhão de perguntas me passaram pela cabeça. Em minha loucura de luxúria, eu não havia perguntado a ele nada do que queria perguntar há anos. Por que ele concordou em me ver e se revelar agora? Sua resposta foi, na melhor das hipóteses, evasiva. Algo importante jazia enterrado naquela sala. Algo que eu temia que pudesse comprometer o que quer que estivesse florescendo entre nós. Mas eu também queria saber mais sobre ele e seu povo. De onde eles vieram? Por que restaram tão poucos deles? E por que eles viviam dispersos, isolados uns dos outros? Lana conhecia sua verdadeira natureza?

No caminho para casa, eu dei uma passada na clínica médica para pegar uma pílula do dia seguinte e depois fui à farmácia comprar algumas caixas de preservativos. Se esse relacionamento se tornasse algo mais sério – o que eu esperava – eu precisaria voltar a tomar pílula. Tinha sido irresponsável da minha parte achar que estava tudo bem deixar o que aconteceu na noite passada. Uma voz irritante no fundo da minha cabeça insistia que não havia problema em simplesmente deixar a situação fluir, mas que eu precisava ser adulta em relação a isso.

Assim que eu cheguei em casa, fui direto para o meu guarda-roupa. Antes de Alkor concordar em ir comigo, eu tinha planejado usar leggings com um suéter largo. Mas agora eu precisava de algo um pouco mais elegante, principalmente porque não sabia como a noite terminaria – embora tivesse algumas esperanças.

Acabei optando por uma saia preta de cintura alta e boca de sino, e uma blusa de couro preta, sem mangas, com zíper na frente – sem sutiã. Porém, tendo aprendido a lição, eu enfiei uma muda de roupa adequada – sutiã incluído – em uma bolsinha que deixaria no carro, por precaução. Eu coloquei uma pizza congelada no forno, me culpando por não ter aceitado um jantar cedo com Alkor. Depois de um banho rápido, eu me vesti e me arrumei, tentando não exagerar.

Enquanto me preparava para sair, meu telefone tocou. Meu coração apertou ao ouvir o toque característico do meu pai.

— Oi, pai — eu respondi, tentando parecer amigável.

— E aí, Brie — disse a voz do meu pai ao telefone com o seu entusiasmo falso de sempre — Como está a minha menina?

Eu mal consegui conter um suspiro alto enquanto revirava os olhos. Como se ele realmente se importasse — Estou indo muito bem, obrigada. Os sócios acabaram de me dar um projeto muito grande – o tipo de projeto de igreja com o qual sonho há anos.

— Ótimo, ótimo. Que legal, querida — meu pai disse.

Quer dizer: ele não dava a mínima. Isso não deveria me chatear mais, mas a indiferença dele ainda doía.

— Algum Romeu no horizonte? — ele perguntou – uma

mudança igualmente lamentável em relação ao seu habitual "algum namorado à vista?".

— Na verdade, eu conheci alguém — eu disse, me sentindo repentinamente nervosa — Faz só alguns dias, então é muito cedo para dizer onde isso vai dar. Mas eu gosto muito dele.

— Ah! Ótimo. Muito bom. Uma garota bonita como você não deveria ficar sozinha.

Eu esperei que ele fizesse algumas perguntas sobre Alkor, mesmo que fosse só o nome. Nada. Por que eu continuava esperando?

— Então, como está a Merryl? — eu perguntei quando o silêncio se estendeu desconfortavelmente.

— Ah, ela é maravilhosa! — meu pai exclamou, com o entusiasmo transbordando. Isso também doeu — Ela já colocou metade da casa nas malas. Eu fico lembrando que só vamos fazer um cruzeiro de duas semanas. Ela não precisa de todas essas coisas, mas é uma pessoa muito preocupada — ele disse carinhosamente — Ela precisa estar preparada para qualquer eventualidade.

— Aposto que sim — eu disse educadamente, sem realmente querer ouvir sobre minha querida madrasta.

— Nossa viagem termina em São Martinho — meu pai disse, parecendo animado. Ele pigarreou, e eu soube imediatamente que o verdadeiro motivo da ligação viria em seguida — Nós vamos ficar na casa de uma amiga de Merryl pelos próximos seis meses. Na verdade, é uma casa de férias compartilhada. Esperamos ter nossa nova casa construída até lá. O empreiteiro e sua equipe estarão prontos para começar assim que você enviar a versão final do projeto. Então... eu estava me perguntando como isso estava indo.

Eu mordi a língua para não responder com algum comentário sarcástico e pisquei para conter as lágrimas que brotaram em meus olhos. Como sempre, meu pai só me contatava quando queria alguma coisa ou se alguma burocracia legal exigisse. Ele não me ligava no Natal ou no Dia de Ação de Graças. Como filha, era meu dever entrar em contato com ele. Certa vez, eu cheguei a fazer um teste com ele para ver quem aguentaria mais tempo sem ligar para o outro. Depois de um ano e meio, eu concedi a vitória a ele.

— Está pronto — eu disse, orgulhosa por minha voz não trair minhas emoções cruas — Eu terminei ontem à noite. Vou enviá-lo logo de manhã.

Era mentira. Eu tinha terminado no fim de semana passado e achei que já tinha enviado. Mas acho que meu subconsciente guardou isso para forçá-lo a me ligar.

— Maravilhoso! Eu sabia que podia contar com a minha filhinha para me ajudar! — meu pai exclamou — Eu vou contar a boa notícia para a Merryl. Ela vai ficar em êxtase. Escute, quando a obra estiver concluída, você vai ter que pedir uns dias de folga para o seu chefe para vir passar um tempo com a gente. Como você sabe, vai ter um quarto de hóspedes com o seu nome.

— Que ótimo, pai. Estou ansiosa por isso.

Talvez eu devesse tentar atuar. Minha atuação estava digna de um Oscar.

— Então está bem. Vou avisar o empreiteiro para que ele possa se preparar e talvez até começar o trabalho amanhã — meu pai disse, claramente ansioso para ir embora.

Uma parte maliciosa de mim pensou em inventar assuntos aleatórios para mantê-lo ao telefone por mais tempo, só por pura maldade. Mas isso não adiantaria de nada, a não ser nos deixar infelizes. Além disso, eu tinha um encontro sensual com uma garg... Khargal.

— Certo, pai. Boa viagem. Mande lembranças para Merryl.

— Eu vou, querida. Se cuida!

Ele desligou antes que eu pudesse dizer mais alguma coisa. A distância tinha aumentado constantemente ao longo dos anos, mas pelo menos ele ainda estava em Montreal. Nós não nos víamos com frequência, mas a possibilidade existia. Agora, com ele e a nova esposa se mudando definitivamente para São Martinho, nós nunca mais nos veríamos. Papai não ligava muito para tecnologia. Ele arrumava uma desculpa para não participar daqueles incontáveis chats por vídeo gratuitos para conversar com sua única filha. Eu poderia desaparecer da face da Terra amanhã, ele não saberia – nem se importaria. Bem, a menos que ele precisasse repentinamente dos meus serviços de engenheira ou arquiteta, ou dos meus contatos para alguma obra. *Talvez Alkor me leve para o Submundo ou qualquer que seja o covil dos Khargals!*

Livrando-me da sensação sombria que eu sempre sentia ao falar com meu pai – ou mesmo pensar nele – eu peguei minha bolsa e saí de casa, a caminho do encontro com o Senhor tarado, alado e misterioso.

Nós caminhamos de mãos dadas, percorrendo a trilha do Jardim Botânico de Montreal. Como esperado na noite de abertura, as pessoas apareceram em massa. Felizmente, todos agiam de maneira civilizada, sem empurrões ou atropelos, demonstrando consideração quando alguém queria tirar fotos ou permitindo que passassem primeiro.

As várias exibições me tiraram o fôlego. Em cada cena, lanternas em formato de animais ou pessoas apresentavam quadros iluminados encantadores. Eu não conseguia escolher uma favorita entre o dragão chinês, a família de pandas ou os pescadores à beira do lago. Eu tirei um milhão de fotos, mas odiei não poder tirar algumas de Alkor. Embora ele não temesse que isso burlasse sua tecnologia, ele queria limitar a quantidade de imagens dele – ou de seus disfarces – que circulavam. Isso não o impediu de tirar muitas fotos minhas.

Ao chegarmos a um dos pagodes, a multidão pareceu diminuir. Por um instante, eu me perguntei se estávamos perdendo algum evento emocionante que atraísse todos os outros. Mas, afinal, ter Alkor só para mim, na calada da noite, cercado apenas pelas luzes coloridas das lanternas, não me pareceu um mau negócio.

Ele olhou ao redor, com uma expressão estranha no rosto.

— O quê? — eu perguntei — Quem você está procurando?

— Ninguém — ele disse — Estou me certificando de que ninguém nos veja.

Seu ar travesso me deixou excitada e tensa de preocupação. Agarrando minha mão, ele me atraiu para as sombras sob um aglomerado de árvores atrás do pagode. Pressionando o peito contra minhas costas, ele me abraçou com força.

— Não se mova e não tenha medo — Alkor sussurrou em meu ouvido.

Isso me assustou.

O ar tremeluzia diante dos meus olhos. Preocupada, eu olhei para Alkor por cima do ombro a tempo de ver suas asas abertas atrás dele.

— O que você está fazendo? — eu disse baixinho.

— Dando a você uma visão melhor.

E assim, de repente, ele bateu as asas e nós decolamos. Embora ele me segurasse com força, eu me agarrei aos seus braços, desejando estar de frente para ele para poder abraçá-lo. Em pânico, me forçando a não gritar, eu fechei os olhos, apenas para reabri-los segundos depois; a escuridão me assustou ainda mais. Felizmente, foi um voo bem curto até o topo do pagode.

— As pessoas vão nos ver! — eu exclamei em voz baixa.

— Não, não vão. Meu módulo furtivo está ativo — Alkor disse, com um tom presunçoso — Mas mantenha seus movimentos o mínimo possível. Normalmente, ele é destinado apenas a uma pessoa.

— Então, você quer dizer que eu poderia estar completamente pelada aqui em cima e as pessoas só veriam o vazio? — eu perguntei, olhando para ele por cima do ombro.

— Não. Se você estivesse nua agora, estaríamos dando uma visão para todo mundo. Eu não conseguiria resistir aos seus encantos, e a camuflagem não conseguiria sustentar esse tipo de intensidade — Alkor disse, com a voz quase uma oitava mais grave.

Ele me encarou, seus olhos escurecendo e o desejo se espalhando por suas feições. Meus mamilos endureceram ao pensar em todas as coisas que ele poderia estar fazendo comigo, bem aqui neste telhado. Era estranho me encontrar em seus braços e me excitar, enquanto seu disfarce humano me observava com tanta luxúria descarada. Mesmo sabendo que meu amante se escondia sob aquela máscara, a ideia de beijá-lo quando ele parecia outra pessoa levaria um tempo para me acostumar.

— Então, ainda bem que estou completamente vestida — eu sussurrei.

Alkor resmungou em concordância e então olhou para um grupo barulhento de pessoas se aproximando do pagode pelo lado esquerdo da trilha. Meu olhar se voltou para eles antes de vagar pelo jardim. A vista era incrível lá de cima. Eu quase me senti como uma deusa grega no Monte Olimpo, observando os aglomerados de cidades humanas e os mortais desavisados que as habitavam.

— Você está com frio? — Alkor perguntou.

Eu balancei a cabeça — Não. Está um pouco frio, mas não me desagrada. Há alguma chance de fazermos um sobrevoo? — eu perguntei, já desconfiando de qual seria a resposta dele.

— Isso seria imprudente — Alkor disse em um tom de desculpas — O risco é muito grande, especialmente com tanta gente por perto. Mas podemos ir para uma área mais rural, e eu te levo em um voo, se quiser.

— Eu adoraria isso! — eu disse, silenciando a voz interior que me lembrava do meu medo de altura.

Seus braços se apertaram em volta de mim, e ele acariciou minha nuca antes de dar uma mordidinha suave. Um arrepio de prazer percorreu minha espinha. A sensação irritante de suas presas raspando minha pele me deixou excitada em segundos.

— Então iremos neste fim de semana, se você quiser — Alkor disse, passando a mão sobre um dos meus seios.

— Ok — eu disse ofegante, meu pulso acelerando enquanto seu polegar provocava meu mamilo.

— Devíamos descer antes que você me faça perder o controle — Alkor disse.

— Ei! Eu não estou fazendo nada! — eu exclamei — É você quem está fazendo as coisas comigo!

— A culpa é sua por ser tão irresistível — ele disse, impenitente — Você me traz pensamentos altamente inapropriados, considerando o nosso cenário atual. Você precisa aprender a se comportar.

Eu fiquei boquiaberta com ele e ele sorriu para mim.

— Prepare-se, pequena tentadora — Alkor disse.

Antes que eu pudesse dizer uma palavra, ele saiu voando novamente. Desta vez, apesar da sensação de enjoo na boca do estômago, eu mantive os olhos bem abertos enquanto percorríamos a curta distância até as árvores.

— *Grack* — Alkor murmurou.

— O que é... — eu comecei a perguntar quando sua mão de repente cobriu minha boca.

Alkor interrompeu a descida apenas para subir novamente. Pressionando os lábios no meu ouvido, ele sussurrou com uma voz urgente — Fique quieta, o mais imóvel possível e o mais alinhada possível com o meu corpo.

A dureza em sua voz traía sua tensão. Algo havia acontecido, mas eu não sabia o quê. Alguém havia tomado conta do nosso local de pouso? Eu não tinha visto ninguém nas árvores, mas estava principalmente concentrada em capturar a última vista aérea da paisagem. Sua mão soltou minha boca e envolveu minha cintura, me dando mais apoio. Meu coração batia forte, um milhão de perguntas ecoando na minha cabeça enquanto voávamos ao lado das árvores em direção a uma área mais escura e menos movimentada.

Alkor finalmente pareceu satisfeito com um lugar perto de um lago. Nós pousamos perto de arbustos altos, a apenas dois metros de distância, atrás de um grupo de pessoas que admirava um bando de grous-lanterna apoiados perto do lago. Pareceu-me um local incrivelmente arriscado, mas Alkor, assim que pousou, recolheu as asas e me puxou pela mão para mais perto do grupo. Uma mulher do grupo se virou para nos olhar, sem dúvida tendo ouvido nossos passos. Ela sorriu educadamente e se virou para admirar a cena.

Ainda cambaleando, eu segui entorpecida enquanto Alkor me puxava atrás dele pelo caminho em direção à saída. Eu não notei quando ele desativou a camuflagem. Pela tensão em seu maxilar, algo o havia deixado exausto. Curiosidade e preocupação me atormentavam, mas eu não ousei fazer perguntas. Estávamos sendo seguidos? Eu nem ousei olhar para trás ou ao redor, para não revelar que sabíamos que tínhamos alguém nos seguindo, se esse fosse o caso.

No fim, não saímos do jardim, mas Alkor nos manteve no meio dos maiores aglomerados de pessoas. Eu soube então, sem sombra de dúvida, que ele estava tentando nos esconder na multidão.

— Você quer ir para casa? — eu perguntei baixinho.

Seus olhos dourados se voltaram para mim, com culpa e preocupação se misturando — Você ainda não viu tudo — Alkor disse timidamente.

— Não, mas já vi bastante. Eu não me importo — eu respondi em voz baixa — Eu tenho fotos suficientes para o projeto, e podemos tirar mais algumas na saída.

— Tem certeza?

Eu assenti e sorri. Alkor retribuiu o sorriso, com um brilho de gratidão nos olhos. Ele beijou minha testa delicadamente, passou o braço em volta da minha cintura e nós seguimos em direção à saída. Ao passarmos por um conjunto gigante de lanternas de Samurai em combate, a súbita impressão de estar sendo observada me atingiu com força. O tique nervoso no maxilar de Alkor me disse que ele também sentia. Forçando a me concentrar na cena, eu tirei mais algumas fotos e seguimos em frente.

A sensação de estar sendo seguida permaneceu comigo até chegarmos ao estacionamento onde eu havia deixado meu carro. Enquanto eu pegava as chaves com o atendente, Alkor olhou discretamente ao redor. Eu mal podia esperar para entrar no carro e perguntar o que estava acontecendo. Quando entramos no veículo, ele parecia lívido.

Eu abri a boca no minuto em que cada um de nós fechou a porta.

— Ainda não — Alkor sussurrou, tentando olhar discretamente pelo retrovisor e pelos espelhos laterais.

Eu mordi a língua, irritada, estressada e muito assustada. Eu liguei o carro e fui embora. Alkor começou a conversar sobre a exposição que tínhamos acabado de visitar, embora continuasse olhando para os retrovisores, parecendo cada vez mais frustrado. Minha própria irritação por não saber que diabos estava acontecendo me deixou à beira de um grito. Demorou quase dez minutos dirigindo antes que ele finalmente parecesse relaxar.

— Desculpe, Brianna — Alkor disse, parecendo desanimado — Não era assim que eu imaginava nossa primeira noite fora.

— O que aconteceu? — eu perguntei, lançando-lhe um olhar de lado, desejando não estar dirigindo naquele momento.

— Acredito que membros do Sindicato das Rosas estavam nos seguindo — Alkor disse em um tom sombrio — Eles são uma organização fanática – quase um culto – determinada a capturar meu povo e a mim, nos estudar, fazer experimentos conosco e, claro, roubar nossa tecnologia.

— O Sindicato das Rosas? — eu perguntei, ainda mais assustada.

— Eles nos caçam há séculos. Embora fosse mais fácil evitá-los no passado, quanto mais a tecnologia humana evolui, mais difícil se torna enganá-los.

— É por isso que você nunca sai do clube? — eu perguntei.

— Entre outras coisas.

— Mas... — eu não conseguia pensar direito. Muitas perguntas lutavam para dominar minha língua — O que te faz pensar que são eles? Como eles sabem quem... o que você é?

— Não é a primeira vez que eu me envolvo com eles. Eles já haviam capturado dois dos meus irmãos antes e quase me pegaram algumas vezes. Eles me deixaram em paz por alguns anos. Não pode ser coincidência que tenham aparecido agora.

Pela primeira vez, eu acolhi com satisfação o sinal vermelho ao me aproximar. Eu parei o carro e me virei para encará-lo.

— Por quê? — eu perguntei — Por que eles estão aparecendo agora? Tem a ver com o que você está procurando naquela sala? — eu tinha dado um palpite, mas o jeito como ele se enrijeceu confirmou que eu tinha tocado em um ponto sensível. Sua relutância me irritou — Escute, eu sei que você é cuidadoso em revelar seus segredos e essas coisas, mas eu estou meio envolvida agora. Acho que você me deve uma explicação. Por que realmente eu estou limpando aquela sala para você? O que esses caras querem? O que você é realmente? Quer dizer, de onde você veio? Tem certeza de que você não é do Submundo ou de alguma outra dimensão? E de onde vem essa tecnologia de camuflagem?

O sinal verde só me deixou ainda mais irritada. Eu voltei a dirigir, louca para simplesmente parar em algum lugar e estacionar o carro para fazer um novo interrogatório. Mas, até entender melhor a ameaça que aqueles caras do Sindicato das Rosas representavam, eu queria sair da rua.

— Como eu já disse, sou um Khargal. E não, nós não viemos do Submundo. Até onde eu sei, isso não existe — Alkor disse cautelosamente.

— Então, de onde você vem? — eu insisti.

Alkor respirou fundo e expirou ruidosamente — Eu venho de um planeta chamado Duras.

Eu fiquei de queixo caído e me virei para encará-lo, incrédula.

— Olhe para a estrada! — Alkor exclamou, endireitando o volante.

O carro na faixa da direita buzinou para mim. Meu estômago embrulhou e minha cabeça se voltou para a estrada. Com o coração disparado, eu voltei o carro para o centro da minha faixa e me concentrei em dirigir, com os nós dos dedos ficando brancos de tanto segurar o volante.

Eu queria parar, me recompor e organizar meus pensamentos. Mas com a entrada do Túnel Ville-Marie se aproximando, parar não era mais uma opção. Respirando fundo algumas vezes, eu flexionei os dedos, que começavam a doer de tanto apertar o volante.

— Eu te ouvi dizer que veio de algum planeta — eu disse, com a voz trêmula — Quer dizer, você é um alienígena?

— Isso é muito mais fantástico do que a ideia de que eu poderia vir de algum tipo de inferno ou submundo? — Alkor perguntou suavemente.

Não. Acho que não. Mas alienígenas não parecem gárgulas. Eles parecem homenzinhos cinzentos, com olhos enormes. Como o ET ou o Thor... Bom, tá, Thor e Superman são só humanos bonitões com poderes divinos. Mas alienígenas não parecem gárgulas. Todo mundo sabe disso.

— Mas... Como você chegou aqui?

— Eu não tenho certeza se devemos discutir isso enquanto você dirige — Alkor disse cuidadosamente.

— DIGA! — eu gritei, batendo no volante.

É, eu estava pirando pra caramba. E ele provavelmente tinha razão sobre esperar até a gente voltar para a boate, porque eu sabia que ele ia soltar mais uma bomba – ou duas – em mim.

Alkor suspirou, mas obedeceu — Nossa nave espacial caiu.

Meu planeta natal, Duras, estava preso em uma guerra sem fim pelos recursos de um pequeno planeta vizinho. Nosso governo nos enviou em uma missão exploratória para encontrar outra fonte para eles. Nossas varreduras de longo alcance indicaram que um dos planetas do seu sistema solar poderia ter o que precisávamos. Mas quando saímos do buraco de minhoca que nos trouxe até aqui, fomos atingidos por uma erupção solar.

Alkor esfregou os chifres, um gesto nervoso que eu já o vi fazer algumas vezes. Devido ao disfarce humano que seu filtro de percepção ainda exibia, ele parecia estar esfregando o ar.

— Então vocês estavam vindo para saquear os recursos da Terra quando foram atingidos? — eu perguntei, elevando o tom de voz, já imaginando uma invasão alienígena maluca.

— Não — Alkor disse com uma risada suave — A Terra nunca foi nosso destino. Marte era. A Primeira Diretriz nos proíbe de pousar na Terra, para começo de conversa. Se não fosse por aquele acidente, nós nunca teríamos feito contato.

— Nossa. Você quer dizer a Primeira Diretriz, como em Jornada nas Estrelas? — eu perguntei enquanto pegava a rampa de saída do túnel para o centro da cidade — Tipo, nada de conversar ou se mostrar para espécies primitivas?

Alkor riu novamente — Eu não teria dito exatamente dessa forma, mas sim, essa é a ideia geral.

— Espere um minuto — eu disse, repentinamente tomada por um pensamento — Foi o seu acidente que deu início a toda aquela história de Roswell, Área 51?

Alkor caiu na gargalhada — Não, definitivamente não. Embora muitos Khargals tenham pele cinza, foi uma raça diferente de homens cinzas que começou essa confusão.

— Então alienígenas vêm para a Terra? Quer dizer, além de vocês — eu acrescentei.

Ele assentiu — Bem, além de alguns acidentes sem sobreviventes - até onde eu sei - nós só temos conhecimento de algumas outras espécies alienígenas fazendo sobrevoos, mas também seguindo a Primeira Diretriz.

Minha mente estava em polvorosa. Eu nunca acreditei que os humanos estivessem sozinhos no universo. Sempre me pareceu bastante egoísta pensar que, entre centenas de milhões de estrelas, cada uma com seu próprio conjunto de planetas, a nossa teria sido a única a ter produzido vida. Mas ter isso confirmado, estar sentada ao lado de um alienígena e, pior ainda, ter feito sexo selvagem com um deles...

Meu Deus!

Mas, pensando bem, Roswell não fazia sentido. Aquele incidente ocorreu no final da década de 1940. Alkor seria um ancião se tivesse chegado naquela época. Eu lancei um olhar sutil em sua direção, dando-lhe uma rápida olhada antes de voltar a olhar para a estrada.

Apesar do disfarce, que mudava seu rosto e a cor de sua pele, seu corpo era o mesmo. E que corpo ele tinha! Firme e musculoso, ele era um exemplo perfeito de modelo fitness. A lembrança de sua pele firme contra a minha, seus braços fortes e volumosos me abraçando enquanto ele me possuía com paixão desenfreada me deixou excitada em um piscar de olhos.

Definitivamente não há nada de velho nele.

— Se você não caiu em Roswell, quando e onde chegou aqui?

Alkor se mexeu no assento, e sua leve hesitação me deixou instantaneamente desconfiada.

— Há algum tempo — ele respondeu sem se comprometer.

— O que isso significa especificamente? — eu insisti, sem entender por que ele dançaria em volta de algo assim. O que poderia ser mais chocante do que ele ser um alienígena? — Eu sei que já faz pelo menos vinte anos desde que você salvou a minha vida.

— De fato — Alkor disse, com a voz assumindo um tom

melancólico ao relembrar — Você era apenas uma menininha. De acordo com a Primeira Diretriz, eu não deveria ter interferido, mas não podia ficar parado enquanto você morria — ele se virou para mim, com uma expressão de desculpas no rosto — Sinto muito pela sua mãe. Ela já estava além de qualquer possibilidade de ajuda.

— Está tudo bem — eu disse com um sorriso forçado — Eu sei que não havia nada que você pudesse ter feito. Disseram que ela morreu no impacto, então pelo menos ela não sofreu.

Não estava tudo bem. Nunca ficaria. Mesmo depois de todo esse tempo, a perda da minha mãe ainda doía. Ela era muito jovem, muito cheia de vida para ter sido tirada de nós de forma tão brutal. Mas eu não queria pensar nisso agora. Mamãe nunca mais voltaria.

— Não pense que não percebi como você mudou de assunto — eu disse, parando no estacionamento subterrâneo perto do clube.

— Certo — Alkor disse — Peço desculpas. Eu não quero ser evasivo. Mas prefiro que estejamos em casa para discutir isso, sem você se distrair dirigindo e longe de olhares e ouvidos curiosos. Eu vou te contar tudo. Só não aqui.

Justo. De qualquer forma, já estávamos em casa.

Eu acabei de pensar em "casa"?

Esta não era minha casa, mas o lugar dele. E depois dessa conversa, eu não sabia aonde o nosso relacionamento seguiria, se é que seguiria.

CAPÍTULO 7

ALKOR

Brianna estava sentada no sofá de três almofadas, com o olhar pesado sobre mim enquanto eu andava de um lado para o outro. Não era apenas a Primeira Diretriz que me incomodava em revelar tudo a ela. Eu já tinha pisado em tudo isso, mas quanto mais eu revelava, mais eu colocava ela e os outros em perigo. No entanto, se eu quisesse que ela fosse comigo, eu tinha que contar tudo a ela.

— Nós caímos aqui há muito, muito tempo — eu disse cautelosamente.

— Como assim? — ela perguntou.

— Tipo há mil anos.

O queixo de Brianna caiu, e seus olhos se arregalaram enquanto ela me encarava, sem palavras — Você quer dizer que seus ancestrais caíram, e é por isso que seus números diminuíram tanto, correto? Não que você caiu, certo?

— Não, Brianna. Eu fazia parte da equipe original.

Ela me encarou por mais um instante e então se levantou em um salto. Ela caminhou em direção a uma das janelas com vista para o parque atrás da igreja e se abraçou.

— Quantos anos você tem? — ela sussurrou, de costas para mim.

— Eu tenho 1348 anos.

Ela se virou lentamente para me olhar, estupefata. Eu dei de ombros, com uma expressão de quem pede desculpas – embora não soubesse exatamente por que sentia a necessidade de me desculpar.

— Pelo menos eu não brilho no sol? — eu disse, tentando descontrair.

Ela me lançou "aquele olhar" e balançou a cabeça — Você é imortal?

— Não — eu respondi, avançando alguns passos em sua direção. Eu odiava a distância entre nós — Os Khargals têm uma vida média de 3000 dos seus anos solares.

— Não me fode... — ela suspirou, passando a mão nervosamente pelos cabelos.

Eu quase disse "claro, agora mesmo", mas pensei melhor.

— Você é muito velho para mim — Brianna sussurrou.

Isso me tocou profundamente — Não, não sou. Se compararmos a expectativa de vida geral, isso me daria uns 45 anos.

— Ainda é um pouco velho comparado aos meus 28 — Brianna resmungou, embora parecesse estar se acostumando — De qualquer forma, continue.

— Nossa nave naufragou no Golfo da Biscaia, na costa da França. Nós não poderíamos ter encontrado um lugar pior; o mar é extremamente agitado lá e os Khargals não são exatamente bons nadadores. Nós somos como pedra. Dois terços da nossa tripulação morreram – incluindo todas as mulheres a bordo – alguns no impacto, outros por afogamento. Infelizmente, nossa chegada não passou despercebida — eu disse, voltando a andar de um lado para o outro — Os humanos nos confundiram com demônios e, naturalmente, buscaram nos eliminar. Ficou claro que permanecer juntos atrairia muita atenção, então decidimos nos separar e nos esconder enquanto esperávamos ser resgatados.

— Um resgate que nunca aconteceu — Brianna disse, com um ar de simpatia.

— Nunca — eu disse, com um suspiro pesado — Nós também não esperávamos um. Nosso sinalizador se perdeu no espaço antes de rompermos a atmosfera da Terra. Sem ele, não havia como nosso sinal chegar a Duras. De alguma forma, o sinalizador deve ter caído na Terra e sido consertado.

— Como você sabe disso? — Brianna perguntou. Antes que eu pudesse responder, seus olhos se estreitaram enquanto ela juntava as peças — Tem a ver com aquela sala?

Eu assenti — Cada um de nós tem um sigilo. É um dispositivo multifuncional, um dos quais funciona como teletransportador.

— Teletransportador, tipo "me teletransporte, Scotty"? — Brianna perguntou.

Eu não consegui conter um sorriso — Sim. Eu tenho uma ligação psíquica com ele. No minuto em que o sinalizador foi ativado, ele enviou um sinal de socorro para Duras. No momento em que eles responderam, o sigilo ficou online, e eu senti. Uma equipe de resgate está a caminho, mas eu preciso do meu sigilo para saber o ponto de encontro e para que eles possam me teletransportar para a nave.

Brianna me encarou em silêncio, visivelmente tentando esconder seus pensamentos e sentimentos — Então... depois de mil anos perdido em um mundo primitivo, você finalmente pode voltar para casa — ela disse em um tom que não foi tão casual quanto ela pretendia.

— Sim — eu disse suavemente.

— Parabéns — ela disse.

Apesar da gentileza de suas palavras, sua postura rígida, suas unhas cravadas nas palmas das mãos e seu maxilar cerrado transmitiam a raiva fervendo sob a superfície.

— Você sabia que iria embora logo quando me contratou — Brianna disse, com a voz assumindo um tom mais duro.

— Sim. E quer saber por que eu me envolvi com você agora, depois de anos te evitando? — eu perguntei, embora não fosse exatamente uma pergunta.

— Lana poderia ter dado conta de tudo — Brianna disse amargamente — Por que se revelar e me dar esperanças de que poderia haver algo especial entre nós quando você sabia que isso não ia dar em nada? Você só queria transar com uma xoxota humana uma última vez antes de ir embora?

Eu franzi a testa diante da grosseria de suas palavras, mas principalmente por ela pensar tão pouco de mim. Meus olhos a encararam, e eu encurtei a distância entre nós. Ela ergueu o queixo, desafiadoramente, e se manteve firme.

— Eu me revelei a você porque o sigilo que ativou mudou tudo — eu avancei mais alguns passos, invadindo seu espaço pessoal. Ela prendeu a respiração, mas não recuou — Eu anseio por você há mais de nove anos.

Seus lábios se separaram e seus olhos se arregalaram.

— Na primeira vez que nos conhecemos, você era apenas uma criança precisando de ajuda — eu disse, colocando as mãos em seus quadris — Na segunda vez, você era uma jovem correndo atrás de uma lembrança. No minuto em que você entrou no clube, meus instintos de acasalamento despertaram e entraram em ação. Em mais de 1348 anos de vida, isso nunca tinha acontecido, até você.

— E você não disse nada? — ela sussurrou.

— Primeira Diretriz — eu respondi — Eu sou um soldado de carreira, Brianna. Eu sigo regras. E mesmo se eu quisesse quebrá-las, a que tipo de futuro eu estaria te condenando? Você teria que vir morar escondida comigo, assim como nossos descendentes, se algum dia os tivéssemos. Você tem ideia de como eu sofri e ansiei por você todas aquelas vezes que você bateu à minha porta, buscando uma audiência comigo?

Envolvendo um braço em volta de sua cintura, eu a puxei para perto de mim, com a outra palma em concha em seu rosto.

Eu examinei suas belas feições que haviam assombrado tantos dos meus sonhos e que teriam me feito companhia se eu tivesse entrado em *duramna*, o sono profundo em forma de pedra dos Khargals.

— O que... O que são instintos de acasalamento? — Brianna perguntou, sua respiração ficando mais curta.

— É uma reação física quando encontramos aquele ser com quem devemos passar o resto de nossas vidas. Me dá vontade de te morder quando estamos íntimos, de te ligar a mim.

Seu olhar baixou para meus lábios como se pudesse ver minhas presas através da pele. Ela estremeceu, arrepios percorrendo sua pele. Eu afastei seus cabelos do rosto e minha mão pousou em sua nuca.

— Mas você não me mordeu.

Eu balancei a cabeça — Não, porque quando eu fizer isso, minhas glândulas reprodutoras liberarão certas substâncias químicas que passarão para o seu organismo através do veneno da mordida, da minha saliva e do meu sêmen. Isso não a transformará em um Khargal, mas transmitirá algumas das nossas habilidades.

Seus olhos se arregalaram, curiosidade, medo e excitação brilhando em igual medida.

— Como?

Eu sorri e deixei meu polegar acariciar a curva suave do seu pescoço — Isso prolongará sua vida, a tornará mais forte, mais resistente a ferimentos, mais rápida para se curar e nos tornará compatíveis para que possamos ter descendentes, se assim o desejarmos.

— Uau! Parece uma notícia muito boa.

Eu assenti e meu sorriso se alargou.

— Mas espere, isso significa que eu não posso engravidar de você agora?

— Correto.

— Ah. E eu que fui comprar camisinhas e renovar meus comprimidos — Brianna murmurou baixinho.

— Não precisamos de nada disso — eu disse, me inclinando para beijá-la.

A maciez dos seus lábios sob os meus enviou uma onda de luxúria diretamente à minha virilha. O poder que ela exercia sobre mim era aterrorizante. Eu nunca me senti tão faminto por nada nem por ninguém. Inclinando a cabeça para o lado para aprofundar o beijo, eu pressionei seu corpo flexível contra o meu, desejando maior proximidade com a minha mulher.

— Não — Brianna disse, interrompendo o beijo.

Eu olhei para ela, confuso, enquanto ela se afastava do meu abraço.

— Você está indo embora — ela disse. Com tristeza e perda estampadas no rosto, ela se afastou alguns passos de mim.

Eu assenti — Sim, eu estou. Mas quero que você venha comigo.

Ela pressionou a mão contra o peito como se quisesse impedir que o coração escapasse.

— Eu queria que nos aproximássemos um pouco mais nos próximos dias antes de lhe fazer esta oferta. Mas agora que o Sindicato das Rosas forçou a situação, aqui estamos.

Eu falei em um tom descontraído, mas, no fundo, meu estômago se revirou de medo de que ela me rejeitasse. Isso era esperar demais dela tão cedo em nosso relacionamento.

— Aqui estamos — ela repetiu, com uma expressão preocupada — Imagino que ir para o seu mundo signifique não voltar para a Terra, certo?

Eu balancei a cabeça com um olhar simpático.

Ela exalou um suspiro trêmulo e caminhou em direção à janela para observar os casais e turistas passeando no parque.

— É muita coisa para digerir — ela disse com uma risada forçada.

Eu me aproximei cuidadosamente de Brianna, ficando a

centímetros de suas costas, mas sem fazer contato físico. Eu ansiava por tocá-la, abraçá-la, mas não queria forçar mais. Ela se recostou, pressionando as costas contra o meu peito. Meus braços imediatamente se fecharam em volta de sua cintura. Eu inspirei o aroma de lavanda de seus cabelos e beijei delicadamente o topo de sua cabeça.

— Não há pressa, por enquanto. Você ainda tem tempo para pensar no assunto.

Ela se virou em meus braços, seus olhos percorrendo os meus, procurando — Mas você estava com pressa para esvaziar a sala nas catacumbas — ela me desafiou.

— Sim, mas só porque preciso descobrir onde fica o ponto de encontro e a data de embarque. Pelo que sei, pode ser algum lugar na África ou na Ásia, que exija vistos ou vacinas para viajar. Sozinho, eu consigo contornar facilmente a maioria desses obstáculos. Mas espero não viajar sozinho — eu respondi, lançando-lhe um olhar significativo.

Ela sorriu, embora um pouco constrangida. Brianna gostou que eu a quisesse comigo, mas obviamente precisava de um tempo para entender como se sentia em relação a tal aventura. Eu só precisava que ela baixasse a guarda o suficiente para que eu continuasse a cortejá-la até que ficasse óbvio para ela também que ela pertencia ao meu lado.

Nós passamos as próximas horas conversando, com ela me dando uma resposta séria, querendo saber tudo sobre minha vida na Terra ao longo do último milênio, assim como qualquer detalhe que eu me sentisse confortável em dar sobre meus companheiros Khargals.

Quando eu comecei a descrever o mundo cruel que era Duras, suas pálpebras começaram a fechar. Ela teve um longo dia de trabalho e as emoções daquela noite a haviam esgotado. Eu ajudei Brianna a se despir – embora ela tivesse ficado com a calcinha – e a coloquei na cama. Diante da intensidade da minha excitação persistente, eu não me senti à vontade para deitar ao lado dela. Em poucos instantes, sua respiração se aprofundou e ela caiu em um sono tranquilo.

Eu me permiti alguns minutos para contemplar sua beleza antes de subir no pedestal que eu havia levado de volta para o meu quarto. Empoleirado nele, de frente para a janela leste, para que o sol nascente acariciasse meu rosto ao nascer, eu me deixei entrar em *duramna*. Minha pele endureceu, transformando-se em pedra. Eu não queria me aprofundar muito nela, como quando entrava em hibernação, mas precisava regenerar um pouco da energia que havia gasto antes voando com Brianna no jardim. Minha energia havia se esgotado rápido demais, prova de que a falta de treinamento militar rigoroso a que eu estava acostumado havia cobrado seu preço. Quanto mais fundo eu me aprofundava em *duramna*, mais rápido eu me regenerava ou me curava, se ferido.

Nos dias seguintes, antes de partirmos para o ponto de encontro, eu dedicaria cada momento livre ao treinamento para recuperar minha resistência. Se surgisse a necessidade de voar com Brianna nos braços por longas distâncias, eu precisaria de toda a energia possível.

E sta manhã, depois que Brianna saiu para o trabalho, minha primeira tarefa foi reforçar o sistema de segurança do clube e avisar Lana para ficar atenta a qualquer pessoa suspeita que estivesse à espreita, especialmente qualquer pessoa com um anel, um broche ou um colar com uma rosa. Também me preocupava que Brianna tivesse sido vista comigo em um ambiente claramente romântico. Eu temia que pudessem ir atrás dela para usá-la contra mim. Lana vinha de uma família influente demais e era muito conhecida do público para ser menosprezada. Qualquer ataque contra ela traria o mesmo tipo de escrutínio que o Sindicato das Rosas sempre evitou meticulosamente. Mas se

Brianna desaparecesse amanhã, poucas pessoas notariam. E aquelas que notassem não teriam o tipo de influência necessária para ajudá-la ou pressionar o Sindicato. *Ela é uma presa muito fácil.* Nós combinamos de jantar na casa dela hoje à noite. Ela queria cozinhar para mim, o que eu achei encantador. Eu fiquei imaginando o que ela diria se eu lhe dissesse que, em vez da torta de nozes-pecã que ela pretendia preparar para a sobremesa, eu preferisse algumas pedras ou gesso, pelos nutrientes essenciais à dieta de um Khargal, que continham.

Eu esperei para sair furtivamente da boate até que Lana fosse cumprimentar os entregadores que traziam os produtos frescos, carnes e bebidas do restaurante. Ela sabia que era preciso deixar a porta escancarada para que eu pudesse sair furtivamente. Meu filtro de percepção estava configurado para um rosto humano diferente. Infelizmente, ele não conseguia criar uma ilusão viável de uma altura menor, a menos que você evitasse qualquer contato físico que pudesse quebrar a tela holográfica. Com meus 1,90 m, era difícil passar despercebido.

Seguindo minha rotina, sempre que saía escondido da boate, eu fui a um dos banheiros públicos da cidade subterrânea, uma rede de shoppings e corredores interligados que permitiam atravessar quase todo o centro de Montreal sem precisar ir do lado de fora. Eu nunca usava o mesmo banheiro duas vezes e entrava em uma das cabines mais silenciosas apenas para sair com meu dispositivo de segurança desativado.

Misturando-me à multidão, eu peguei um táxi que me deixou na vizinhança da casa de Brianna. Eu não podia usar meu dispositivo de camuflagem para me esconder por longos períodos, pois ele se esgotava muito mais rápido do que meu filtro de percepção. Mais uma vez, eu invejei os batedores Khargals, que conseguiam se misturar à vontade com o ambiente. Para meu alívio, enquanto caminhava casualmente em direção à casa da minha mulher, eu não detectei nenhuma presença suspeita.

Mesmo assim, eu mantive a cautela ao entrar no prédio e usei a chave reserva que Brianna me deu para entrar.

O apartamento espaçoso me lembrou dela. Cores suaves, tranquilo, porém convidativo, com móveis elegantes, de aparência delicada, mas feitos de material resistente. Embora escassamente decorado, cada elemento era significativo, intrigante e contava uma história que despertava a curiosidade. Forçando a me concentrar na tarefa em questão, eu atualizei seu sistema de segurança com fechaduras novas e de última geração, um sistema de câmeras sobre o qual ela tinha total controle e que bloqueava todos os acessos ao apartamento.

Brianna chegou bem na hora em que eu estava testando as várias configurações do sistema. Ela não me deu chance de livrá-la do fardo de sacolas de compras, descartando-as no console da entrada. Minha mulher fechou a distância entre nós, envolvendo meus braços em volta do pescoço. Eu abaixei a cabeça para capturar seus lábios, ronronando de prazer com seu sabor requintado.

Eu poderia me acostumar com isso.

Receber minha companheira em casa depois do trabalho, ou ela me cumprimentar assim ao retornar, pintava um quadro agradável. À medida que o beijo se aprofundava, os dedos de Brianna percorreram meu cabelo e esfregaram a pele na base dos meus chifres curtos, sete no total. Ela havia descoberto como era sensível, especialmente ao redor dos três no centro, no topo da minha cabeça. Meu pau se contraiu dentro das calças, o sangue correndo para minha virilha, deixando-a rígida. As glândulas sexuais no fundo da minha garganta incharam, exigindo mais uma vez que eu vinculasse minha companheira. Eu engoli em seco, me recusando a ceder à tentação ardente.

Afastando as mãos da minha mulher dos meus chifres, eu a libertei do sobretudo e deslizei a mão por baixo da blusa, procurando os montes arredondados dos seus seios e os botões duros dos seus mamilos. Brianna tirou a blusa pela cabeça e a descartou com um movimento rápido do pulso, antes de mexer na cintura da minha calça, tentando abaixá-la. Eu não resisti, concentrado demais em abrir o fecho do sutiã dela. Aquelas coisas miseráveis foram criadas para enlouquecer um homem. Como as mulheres conseguiam prendê-las e desprendê-las com tanta facilidade era incompreensível para mim.

Assim que eu consegui, Brianna caiu de joelhos diante de mim e avidamente tomou meu pau em sua boca. Eu sibilei de prazer, minhas mãos agarrando seus cabelos. O calor de seus lábios ao meu redor, sua língua lambendo e seus dentes roçando a pele sensível do meu eixo, fez uma poça de lava rodopiar na boca do meu estômago. Meus quadris se moviam em contraponto aos seus movimentos enquanto ela me penetrava profundamente. Eu me senti culpado por minha mulher me dar prazer antes que eu a atingisse no clímax, mas Brianna parecia adorar fazer sexo oral em mim – não que eu fosse reclamar. Ela havia viciado no meu gosto, caramelo salgado, como ela o chamava. Mas eu não queria encontrar meu alívio em sua boca. Eu queria minha semente dentro dela, com suas paredes internas apertando meu pau enquanto ela gritava meu nome em êxtase.

Com um gemido profundo, eu me forcei a me soltar dela. Ela olhou para mim, surpresa, quando a forcei a se levantar e a empurrei contra a parede. Eu a beijei, minha língua invadindo sua boca enquanto meus dedos abriam febrilmente o zíper de sua saia. Ela caiu no chão com o som eriçado do tecido.

Desta vez, foi a minha vez de me ajoelhar, beijando-a pelo pescoço, parando para homenagear seus seios e para que minha língua acariciasse seu umbigo antes de me deleitar com seu núcleo ardente. As costas de Brianna arquearam-se contra a parede quando um grito estrangulado escapou dela. O cheiro de sua excitação fez meu pau pulsar com a necessidade de possuí-la, o gosto de sua essência, o néctar mais divino em minha língua. Segundo minha mulher, sua textura mais áspera a estimulava da maneira mais deliciosa. Portanto, eu fiz questão de dar uma lambida adequada em seu clitóris sensível enquanto meus dedos mergulhavam em sua abertura úmida.

Eu adorava como Brianna sempre respondia ao meu toque. Eu enfiei meus dedos dentro dela, roçando seu ponto sensível, e ela se desfez, gritando meu nome. Com as pernas tremendo, ela quase desabou. Deslizando meus braços sob seus joelhos, eu a levantei contra a parede e enfiei meu pau dolorido bem fundo nela. Ela gritou novamente, ainda surfando nas ondas do seu orgasmo enquanto eu começava a estocar para dentro e para fora dela.

— *Grack*! — eu xinguei enquanto os espasmos das paredes internas dela ao redor do meu eixo tentavam forçar um clímax que eu ainda não estava pronto para receber.

Ela era tão gostosa, acariciando meu pau a cada estocada, sua pele queimando contra a minha, suas mãos me arranhando, sua respiração ofegante soprando sobre meu peito.

— Toque em si mesma — eu ordenei sem diminuir meu ritmo punitivo.

Obediente, Brianna deslizou a mão trêmula entre nós e começou a massagear o clitóris. Seus olhos quase imediatamente reviraram quando outro orgasmo a atingiu, me liberando. Eu me movia para dentro e para fora dela em um ritmo bem mais lento até que o resto do meu sêmen se esvaísse.

Encostado nela, de repente eu percebi que minhas asas tinham se aberto. Afastando-me da parede, eu as enrolei em volta dela, protegendo minha mulher. Com a cabeça de Brianna apoiada no meu ombro, meu pau ainda enterrado dentro dela, eu nos levei lenta e cuidadosamente até o banheiro. Com muita relutância, eu abri minhas asas, tirei meu pau e coloquei minha mulher de pé para que pudéssemos tomar banho juntos.

Quando terminamos, ela me deixou secá-la. O olhar de Brianna enquanto me fitava continha tanta ternura, carinho e admiração que a esperança floresceu em meu coração de que, quando chegasse a hora de escolher, ela me escolheria.

E u quase entrei em pânico ao acordar na cama de Brianna, o ambiente desconhecido me deixando perplexo. A pequena atrevida riu do meu olhar desorientado. Eu me senti patético por me abalar tão facilmente. Como guerreiro, eu deveria estar sempre no meu melhor. Mas acho que um milênio fora de serviço enfraqueceria os reflexos de qualquer um. Assim como a Lana, quando a Brianna te convida para jantar, ela cozinha para um exército inteiro. Minha barriga ainda estava inchada pelos excessos da noite anterior. Ela tinha embalado algumas sobras para eu levar para casa para o almoço e dividir com a Lana. Eu não me importei, considerando que a comida dela estava deliciosa. Eu simplesmente não contei a ela que tinha saído escondido para comer umas pedras durante a noite. Haveria tempo para explicar isso mais tarde.

Com o coração pesado, eu observei minha mulher sair para o trabalho. Para meu desgosto, Brianna não precisava estar no clube enquanto os funcionários limpavam os escombros, e outras tarefas a aguardavam no escritório. Como eu havia viciado rapidamente em sua presença, no som sensual de sua voz e na maneira carinhosa com que ela me tocava constantemente, como se para se certificar da minha presença.

Eu ainda não conseguia acreditar em como Brianna havia aceitado tão bem todas as minhas revelações, depois de superar o choque inicial. Humanos não têm os instintos de acasalamento dos Khargals, e ainda assim ela não conseguia negar que sentia uma atração forte, quase irracional, por mim. Eu queria acreditar que algo mais profundo do que tensão sexual a motivava. Havia química de verdade entre nós. Mas, comigo semi-preso no meu clube, isso adicionava um fardo extra aos nossos esforços para construir um relacionamento já pouco ortodoxo. Por mais que descobrir a distância que existia entre ela e o pai tivesse me chateado por ela, agora isso me agradava por ela estar menos propensa a querer ficar na Terra por ele.

Assim que eu a trouxesse a bordo da nave de resgate, sem dúvida haveria algumas carrancas. Eu poderia até enfrentar medidas disciplinares por violar a Primeira Diretriz. Mas minha amizade com Lana, que ficaria aqui, também foi uma violação. Praticamente todos os Khargals sobreviventes haviam formado um vínculo especial de amizade com um humano que nos ajudou de uma forma ou de outra a viver na Terra. Qualquer que fosse a punição, eu a aceitaria, contanto que não ousassem tentar tirar minha mulher de mim. Eu realmente não temia que esse fosse o caso. Os Khargals respeitavam o vínculo sagrado que existia entre verdadeiros companheiros.

Forçando meus pensamentos a voltarem para atividades mais produtivas, eu liguei para o meu tabelião para dar minha aprovação à versão final do meu testamento revisado. Ele confirmou que os documentos oficiais seriam enviados para mim hoje. Eu teria que pedir para a Lana ligar para a amiga dela, a Comissária de Juramentos, para testemunhar quando eu assinasse. Depois de desligar, eu lancei um olhar vago para os monitores que mostravam diferentes ângulos da sala sendo esvaziada, apenas para olhar duas vezes. Eu me levantei com um salto, meus olhos se arregalando ao ver o rosto de gárgula esculpido na parede que finalmente havia sido revelado.

Eu corri para as catacumbas e chamei Stephen, o gerente da construção, para pedir que interrompesse o trabalho naquele dia. Com o sigilo ao alcance, eu queria que todos saíssem para abrir o esconderijo secreto sem olhares curiosos por perto.

Ele argumentou a princípio, dizendo que ainda havia alguns destroços a serem removidos da sala e que, com o progresso atual, eles poderiam começar a construção da segunda sala dois dias antes. Minha impaciência para vê-los todos partirem deve ter ficado evidente na brevidade da minha resposta. Franzindo a testa, confuso, Stephen me deu um aceno firme e então começou a conduzir seus homens para fora das catacumbas.

Assim que o último homem saiu, eu me dirigi ao rosto de gárgula esculpido na parede. Após um século de desuso e o colapso causado pela explosão, eu rezei para que o mecanismo de abertura do esconderijo secreto permanecesse funcional. Soltando minhas garras, eu usei suas pontas afiadas para remover um pouco da sujeira ao redor dos interruptores escondidos. Os olhos esbugalhados da gárgula teriam sido óbvios demais. Em vez disso, os interruptores estavam escondidos nos ornamentos em espiral que cercavam o rosto. Dois pontos específicos, sem nada em comum visualmente, precisavam ser pressionados simultaneamente, a pressão aplicada por pelo menos cinco segundos antes que o mecanismo fosse liberado. Isso garantia que ninguém o revelasse por acidente. Mesmo que alguém tentasse abri-lo, se não soubesse exatamente como, era provável que nunca o encontrasse.

Um rosnado vitorioso escapou da minha garganta enquanto o som de pedra contra pedra ecoava na sala vazia. O rosto da gárgula deslizou para o lado, revelando uma prateleira escancarada e recuada atrás dele. Nuvens de poeira se ergueram ao redor do rosto, e pequenas pedras caíram no chão. Eu afastei a poeira com um aceno e coloquei minha mão diante do scanner, invisível aos olhos humanos, para que ele pudesse identificar minhas impressões digitais. Mais uma vez, levou pouco mais de cinco segundos para o laser azul aparecer e escanear minha palma. O atraso tinha o objetivo de enganar um possível intruso, dando-lhe uma falsa sensação de segurança, fazendo-o acionar a armadilha.

Assim que o scanner apitou, confirmando que a armadilha estava desativada, eu peguei o sigilo, ignorando os outros dispositivos que havia escondido ali. Meu cérebro formigava com a conexão psíquica com o sigilo. Do tamanho de um medalhão, o dispositivo se encaixava perfeitamente na palma da minha mão. Ele respondeu imediatamente ao contato com meu DNA. A grande gema vermelha em seu centro se iluminou, banhando toda a sala com um brilho vermelho intenso. Com um pequeno flash, um holograma 3D de uma montanha apareceu acima do sigilo. Flutuando ao lado dele, um texto escrito em Durassiano indicava a hora e a data da coleta, o nome da cadeia de montanhas e suas coordenadas.

Meu coração disparou e minha garganta se apertou de emoção. Apesar da minha convicção de que o sigilo havia de fato se tornado ativo, até aquele instante, uma dúvida pairava no fundo da minha mente de que talvez eu tivesse imaginado tudo aquilo. Mas agora, eu tinha a prova irrefutável de que, finalmente, estávamos voltando para casa.

Com a mão livre, eu girei a representação holográfica da montanha. O ponto de encontro havia sido definido como o Monte Nirvana, nos Territórios do Noroeste Canadense. Ao ampliar a imagem, a face da montanha não mostrava estradas ou acesso fácil. Seria uma escalada difícil – uma escalada impossível para um novato – ou um voo fácil para um Khargal. Eu precisaria treinar bastante para conseguir carregar Brianna por uma distância tão longa. Felizmente, a data de busca estava marcada para 31 de outubro. Isso ainda me deixava três semanas para voltar à forma e convencer minha mulher de que ela pertencia a mim.

Eu desliguei o sigilo, o enfiei no bolso e peguei minha armadura e a arma defeituosa que eu havia escondido ali. Eu mal levantei a mão quando um som sutil me fez virar a cabeça para trás, para olhar por cima do ombro.

Grack!

Como eu pude deixar um humano me pegar de surpresa? Já foi a segunda vez.

— Mãos ao alto onde eu possa vê-las, criatura! — disse o homem, apontando uma arma de dardos diferente de tudo que eu já tinha visto antes.

Eu fingi obedecer, avaliando a extensão da ameaça e transformando minha pele em pedra. Como eu ainda não havia desativado meu filtro de percepção, ele não conseguia ver minha transformação, nem minhas asas se abrindo. O desafio seria lutar com a pele de pedra. Ela nos tornava mais pesados e nossos movimentos mais lentos, drenando nossa energia mais rapidamente. Se eu não tomasse cuidado, poderia me drenar até a exaustão e ficar indefeso diante de um inimigo.

— Qual é o significado disso? — eu perguntei, me fazendo de bobo. E então eu me dei conta — Eu te conheço! Você é um dos trabalhadores. Está aqui para me roubar?

— Não se faça de bobo — o homem disse em um tom áspero, com um sutil sotaque britânico — Você sabe exatamente o que eu sou, assim como eu sei que tipo de abominação você é.

Meus olhos se voltaram para a mão dele empunhando a arma, e meu estômago embrulhou quando reconheci o anel com o símbolo de uma rosa adornando seu dedo.

Seus lábios se esticaram em um sorriso malicioso ao notar para onde meu olhar havia se desviado. Ele mexeu os dedos, exibindo o anel.

— Vejo que você conhece — o homem disse — Ótimo, podemos ir direto ao assunto. Você tem algo que nós queremos. Entregue e não faça alarde. Se me der trabalho, aquela humana traidora com quem você está transando vai passar por momentos muito desagradáveis.

Meu sangue congelou nas veias, e uma névoa de raiva desceu diante dos meus olhos. Eu avancei um passo ameaçador em sua direção.

— Ei! — gritou o agente do Sindicato das Rosas — Fique onde está ou eu te encho de drogas. Eu não dou a mínima se você tiver uma overdose. Nós já temos outro monstro para os nossos estudos. Não precisamos de você vivo. Só queremos essa coisa no seu bolso. Então, me entregue.

— Que *Lar* te abandone, verme! — eu sibilei antes de atacá-lo.

Ele disparou sua arma, o dardo ricocheteou na lateral da minha asa enquanto eu desviava para a direita. Mantendo-se firme, ele disparou mais três vezes em rápida sucessão. Eu afastei o primeiro dardo e mal consegui desviar do segundo, meus movimentos significativamente mais lentos devido ao peso da forma de pedra. Mas o terceiro acertou meu ombro. Embora eu o tenha puxado imediatamente, a dormência começou a se espalhar.

Como em nome de Lar o dardo atravessou minha pele de pedra?

Qualquer que fosse a substância contida, logo ela me deixaria completamente incapacitado. Jogando a cautela ao vento, eu avancei contra ele, apenas para que outro dardo me atingisse em cheio no peito, enquanto o agente rapidamente se afastava de mim. O conteúdo vil do dardo imediatamente me percorreu, fazendo minhas pernas tremerem e meu estômago revirar.

Pele de pedra foi um erro.

Sem ela, eu teria sido mais rápido. Mesmo que tivesse me acertado uma segunda vez, ele estaria caído no chão com o pescoço quebrado agora mesmo. Até aquele instante, projéteis perfurantes eram o único tipo de munição humana que me preocupava, pois perfuravam nossa pele de pedra e mordiam nossa carne. Mas esses dardos...

O homem mirou novamente e eu levantei minha asa direita para me proteger. Ele atirou, mas sua arma de dardos não disparou. Eu abri minha asa para limpar minha linha de visão, apenas para encontrar o homem mexendo no bolso. Seu rosto ficou sem sangue, o medo o invadiu quando nossos olhos se encontraram, e eu desfiz minha pele de pedra. Eu cambaleei em direção à porta, minha visão turva e meus membros pesando. E, no entanto, mesmo com a droga prestes a me dominar, nós dois sabíamos que ele não escaparia de mim.

O homem tirou do bolso um pequeno dispositivo que parecia uma chave remota de carro e apertou um botão. Uma série de estalos rápidos ressoou acima de mim, não mais altos do que fogos de artifício. Eu levantei a cabeça bem a tempo de ver uma série de grandes pedras desabando sobre mim. O impacto brutal me derrubou de joelhos. Eu estava entorpecido demais para empurrar a pedra que havia caído sobre minha asa.

— Se você quer o que está no meu bolso — eu disse arrastando as palavras — venha e pegue.

O homem rosnou, percebendo que havia efetivamente bloqueado o próprio acesso ao meu bolso direito com a pedra que prendia minha asa contra o meu flanco. Se ele fosse tolo o suficiente para se aproximar, eu arrancaria seu rosto com minhas garras. E assim que eu perdesse a consciência, meu corpo entraria em *duramna*. Minhas calças Durassianas também se transformariam em pedra, protegendo ainda mais o sigilo de suas mãos imundas.

— Você nos trará o medalhão, ou a pequena engenheira não estará mais tão bonita — disse o homem, recuperando sua atitude arrogante — Você receberá suas instruções em breve. Não nos decepcione.

Enquanto a escuridão descia diante dos meus olhos, outra série de estalos provocou o desabamento de mais pedras e pedregulhos, dessa vez me selando completamente dentro da sala.

Um único nome ocupou meu último pensamento.

Brianna.

CAPÍTULO 8

BRIANNA

M eu telefone tocou, interrompendo minha concentração. O número não me parecia familiar.

— Alô? — eu respondi.

— Srta. Brent? — perguntou uma voz masculina que eu não conhecia.

— Sou eu.

— Meu nome é Charles Lumney, um dos funcionários do The Darkest Hour.

Meu estômago embrulhou e uma repentina sensação de desgraça iminente tomou conta de mim.

— Sinto muito, senhorita, mas houve um acidente terrível — o homem disse com compaixão — Parte do corredor desabou. Stephen e o Sr. Drayvus ficaram gravemente feridos. Os socorristas estão a caminho. Acho que a senhorita deveria vir também.

— Meu Deus! — eu exclamei. Levantando-me em um salto, eu peguei minha bolsa na gaveta da escrivaninha. Na pressa, eu quase a derrubei — É muito ruim? — eu perguntei, correndo em direção aos elevadores.

— É difícil dizer, Srta. Brent — o homem disse, parecendo

desanimado — Os dois estão presos sob os escombros, e há muito sangue se acumulando lá embaixo.

— Meu Deus! — eu me senti tonta de medo, imaginando o pior — Marnie, houve um incidente em uma das obras.

Não sei quando eu volto — eu gritei para a recepcionista, sem esperar sua resposta e entrando em um elevador aberto perto da recepção

— Estou a caminho, Sr. Lumney — eu respondi ao celular — Vai ficar tudo bem.

— Tudo bem, obrigado, senhorita.

As portas do elevador se fecharam enquanto eu continuava a apertar freneticamente o botão para o estacionamento subterrâneo do prédio. Eu acabei parando quando o elevador começou a se mover, me repreendendo por fazer exatamente o que eu odiava ver outras pessoas fazerem sempre que entravam em um elevador. Eu tentei ligar para Lana, mas não havia sinal no elevador. Com o estômago embrulhado, eu não conseguia respirar só de pensar que algo terrível poderia ter acontecido com Alkor. Mas pior ainda, o que aconteceria quando removessem as pedras sob as quais ele estava preso e vissem sua verdadeira aparência? Será que eles saberiam como curar um Khargal?

O elevador finalmente chegou ao seu destino. Quando a porta finalmente se abriu, eu corri para o meu carro enquanto tentava ligar para Lana novamente. Mas, claro, o sinal pifou, como costumava acontecer na garagem subterrânea. Quando me aproximei do meu carro, um homem de aparência familiar se aproximou de mim. Eu não tive tempo para bater papo, mas ele chamou meu nome, me obrigando a diminuir a velocidade.

— Srta. Brent? — o homem perguntou.

— Desculpe, senhor, mas estou com pressa — eu disse sem parar.

— Eu sei — o homem disse — Eu fui enviado para buscá-la e levá-la até o The Darkest Hour. Eu sou um dos funcionários.

— Ah! — eu disse, parando de repente. Eu era péssima dirigindo sob forte turbulência emocional. Pensando bem, eu deveria ter pegado um táxi — Sim. Sim, obrigada. Seria ótimo.

— Por aqui — ele disse com um sorriso satisfeito.

Ao nos aproximarmos do veículo dele, ele destrancou as portas de um sedã preto com o controle remoto. Eu não entendia nada de carros, mas o dele parecia um pouco chique para um operário da construção civil indo para a obra. Aquele primeiro pensamento aleatório levantou uma avalanche de outras perguntas. Por que ele tinha vindo me buscar? Como ele sabia onde eu trabalhava se era funcionário contratado do Stephen? Como ele chegou aqui tão rápido? Por que o Lumney não me avisou que tinha enviado alguém para me buscar?

Meus passos vacilaram e eu parei a poucos metros do carro. O homem, que estava abrindo a porta do motorista, parou e me olhou interrogativamente. Minha expressão deve ter revelado minhas suspeitas repentinas. Seu rosto endureceu, perdendo todos os traços da gentileza de antes.

— Entre no carro, vadia, antes que eu atire em você — ele disse com uma voz ameaçadora.

Eu arfei e cambaleei dois passos para trás. Antes que eu pudesse reagir, vi o homem puxar o gatilho de sua arma estranha. Como se em câmera lenta, um dardo voou em minha direção antes de se cravar no meu torso. O único som que eu emiti poderia foi um soluço antes que uma dormência nauseante me percorresse. Com uma expressão irritada, o homem contornou o carro em minha direção no momento em que eu desabava no chão, perdida em inconsciência.

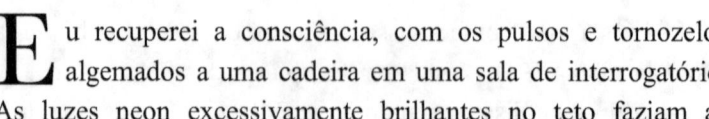

Eu recuperei a consciência, com os pulsos e tornozelos algemados a uma cadeira em uma sala de interrogatório. As luzes neon excessivamente brilhantes no teto faziam as paredes áridas e cinza-claras parecerem brancas. Eu pisquei até minha visão clarear. Duas cadeiras vazias sobre a mesa de metal à minha frente eram minhas únicas companheiras. O clichê do espelho bidirecional não estava presente na sala, mas uma câmera no canto superior esquerdo provavelmente o substituía. O clique da porta se abrindo me assustou. Stephen e o "operário da construção" que havia me sequestrado entraram na sala. Meu peito apertou ao ver o gerente da construção. Nós trabalhávamos juntos há anos. Eu o considerava um amigo e até me preocupava que ele estivesse ferido sob o suposto desabamento. Que diabos estava acontecendo? Eu olhei para ele com olhos incrédulos enquanto os dois homens se sentavam nas cadeiras do outro lado da mesa.

— Olá, Brianna — Stephen disse, com um toque de desculpas nos olhos castanho-escuros — É uma pena que nos encontremos novamente nessas circunstâncias.

— O que está acontecendo, Stephen? — eu perguntei, sentindo a raiva e a traição me consumirem — Por que eu estou aqui?

— Este é Daniel, meu parceiro — Stephen disse, ignorando minhas perguntas — Eu sempre tive o maior respeito por você como engenheiro e profissional. Nossas colaborações ao longo dos anos se mostraram bastante bem-sucedidas e me deram a cobertura perfeita durante minhas investigações.

— Investigações? — eu perguntei, sentindo uma sensação de pavor crescendo no meu estômago, já imaginando onde aquilo ia dar.

— Você é especialista em prédios históricos e fez o máximo para garantir todos os projetos de igrejas que sua empresa contratou. Isso me serviu perfeitamente. Veja bem, assim como você, minha organização busca as criaturas de pedra.

Minha inspiração involuntária e rápida me entregou. O sorriso cúmplice de Stephen confirmou que eu tinha estragado minhas chances de me fazer de boba.

— Sua organização? — eu perguntei, tentando mudar o curso da conversa.

— Há quase vinte anos, nos deparamos com um interessante relatório policial que mencionava os delírios de uma garotinha enlutada que havia perdido a mãe em um acidente de carro e mal sobreviveu ao afogamento — Daniel disse — A pobre criança alegou que um gentil demônio de pedra a havia resgatado, junto com seu pai, do carro que afundava. Naturalmente, as autoridades rejeitaram essa alegação, mas nós sabíamos melhor.

— Estamos de olho em você desde então, caso seu "salvador" aparecesse novamente — Stephen disse, recostando-se no encosto da cadeira — Você tem sido impressionante em seus esforços para desenterrar informações sobre as criaturas. Muitas vezes nós consideramos lhe oferecer uma chance de se juntar à nossa organização, mas você tem uma ideia muito romântica do que elas realmente são. Até sabermos se você se encaixaria conosco, eu decidi colaborar com você em seus vários projetos.

— Você quer dizer que me usou para tentar me aproximar deles — eu disse amargamente.

— Semântica — Stephen disse, dando de ombros, o rosto assumindo uma expressão entediada — Quando Drayvus te deu o contrato e você entrou em contato conosco, eu quase te beijei! Você tem ideia de quanto tempo estamos tentando abordá-lo para verificar nossas suspeitas de que ele era real e não um fã de cosplay esquisito?

— O que você quer dele? — eu perguntei, com a raiva alimentada pelos meus instintos protetores em relação a Alkor transparecendo na minha voz — Ele não incomoda ninguém, paga seus impostos e segue nossas leis. Por que não o deixa em paz?

O olhar de puro desprezo que Stephen me lançou me fez estremecer. Este não era o homem que eu havia considerado um amigo.

— Você é uma garota tola. Para ser sincero, eu esperava mais de você. Tudo o que ele precisou fazer foi te mostrar as asas para você pular na cama com ele. Com *aquilo!* — Stephen cuspiu com desdém — Como você pôde se deitar com um monstro?

Meu rosto esquentou, mas eu ergui o queixo em desafio — Os únicos monstros que vejo agora estão sentados à minha frente nesta mesa. Ele salvou minha vida quando não tinha motivo, se expondo no processo. Ele não tinha nada a ganhar com isso e nunca pediu nada em troca. Todos esses anos, ele tem sido um cidadão exemplar. Por que você quer assediá-lo agora?

Stephen balançou a cabeça, decepcionado, enquanto seus cabelos castanho-escuros na altura dos ombros balançavam a cada movimento — Ele jogou o jogo longo com você. Conquistou sua lealdade, fez você correr atrás dele, mantendo-se fora de alcance para você continuar até que ele a tivesse exatamente onde queria. Até que você estivesse pronta para ser colhida.

Meu estômago deu um nó, uma sensação desconfortável floresceu dentro de mim ao ouvi-lo expressar o medo que me assombrava desde que Alkor revelou sua verdadeira natureza para mim.

Stephen apoiou o tornozelo no joelho, com as mãos entrelaçadas à frente do corpo — Você não achou estranho que ele finalmente tenha concordado em vê-la quando o sigilo dele se tornou ativo?

— Ele precisava da ajuda de um engenheiro arquitetônico especializado, que por acaso sou eu — eu respondi, na defensiva — Também não é coincidência, já que eu entrei nessa área deliberadamente na esperança de que algo assim acontecesse.

— Eles ligaram especificamente para a sua empresa — Daniel interrompeu — sabendo que você era a principal especialista em igrejas antigas. Não foi por acaso que você foi parar lá. Isso foi planejado.

Porque eu sou a alma gêmea dele. Ele me queria lá para nos dar uma chance definitiva. Certo? Eu odiava que eles tivessem plantado com sucesso a semente da dúvida.

— Tudo bem, eu vou seguir o jogo — eu disse, tentando controlar minha raiva e mágoa — Por que fazer esse plano elaborado para me pegar? O que eu tenho que ele quer? Qual é o objetivo dele?

— Ele quer uma serva cegamente devotada que o seguirá até o fim do mundo enquanto ele prepara uma invasão.

Eu caí na gargalhada, percebendo que tínhamos acabado de entrar no território do chapéu de papel-alumínio — Você é louco — eu soltei.

— Ele não é — Daniel disse, com seus olhos negros como breu me encarando. Uma pequena cicatriz que eu não tinha notado no lado direito do seu queixo se destacou da pele pálida quando ele cerrou os dentes — Os sigilos são dispositivos de localização. Todos os sigilos cuja localização conhecíamos estão ativos. As criaturas que os possuíam estão se desdobrando para recuperá-los. Nós conseguimos que um deles confessasse que o dispositivo serve para chamar mais da sua espécie para cá.

— Para resgatá-los! — eu exclamei, perplexa — Ele acabou de enviar um sinal de socorro! Os Khargals querem voltar para casa. Você não faria isso no lugar deles? Eles estão presos aqui há séculos, forçados a viver escondidos. É claro que eles vão querer voltar para casa, se reunir com seus entes queridos e voltar a uma vida normal. Por que nós sempre presumimos o pior das pessoas?

Stephen balançou a cabeça novamente, sua decepção evidente — Eles não são pessoas. E é por isso que nunca nos aproximamos de você. Você é muito mole. Esses seus ideais românticos podem causar a ruína da raça humana. Ele fez uma lavagem cerebral completa em você. Nós extraímos deles informações suficientes para saber que são uma ameaça para nós e para o nosso futuro.

— Meu Deus — eu suspirei — Você os torturou.

Stephen ergueu o queixo, seu olhar impenitente endurecendo

— Nós fazemos o que precisamos para proteger a humanidade.

— A Inquisição também fez o que considerou correto para levar as pessoas a confessar. Todos sabemos que, sob dor suficiente, as pessoas dizem qualquer coisa para acabar com a situação, até mesmo admitir crimes que não cometeram.

— Ela está muito perdida — Daniel disse para Stephen, como se eu não estivesse ali.

— De fato — Stephen disse com um suspiro — Que decepção. Um potencial tão grande desperdiçado — ele virou seus olhos castanho-escuros para mim, sem qualquer calor e simpatia — Você nos contará tudo o que sabe sobre o sigilo, o ponto de encontro deles e a grande frota que eles têm a caminho.

Minhas costas se enrijeceram e meu sangue congelou. A expressão implacável em seus olhos e o brilho de fúria no olhar de Daniel enquanto ambos me encaravam me fizeram temer o pior. Me fizeram temer a Inquisição.

— Podemos fazer isso do jeito fácil ou do jeito difícil — Stephen disse — De qualquer forma, saberemos tudo o que você sabe.

Eu engoli em seco, meu estômago se contraindo de medo quando Daniel pegou uma pequena seringa do bolso da camisa e a colocou em cima da mesa à nossa frente.

— O que é isso? — eu perguntei, incapaz de esconder o tremor na minha voz.

— Algo que a ajudará a cooperar — Stephen disse.

— Eu não sei de nada! — eu exclamei — Nós acabamos de nos conhecer. Vocês sabem tudo o que eu sei, até mais. Ele só me disse que precisava que a sala fosse limpa para recuperar seu sigilo e que isso o ajudaria a voltar para casa. Eu juro, é tudo o que sei.

— Como quiser — Stephen disse, acenando para Daniel prosseguir.

— NÃO! — eu gritei enquanto Daniel se levantava, pegava a seringa e se aproximava de mim — Stephen, não faça isso! Eu não sei de mais nada.

— Nós descobriremos em breve, não é? — ele disse ele, dando de ombros com indiferença.

Eu puxei minha contenção em um esforço inútil para me manter longe do meu algoz. O metal frio e duro das minhas algemas roçava a pele macia dos meus pulsos. Daniel pressionou a palma da mão no meu antebraço, perto do cotovelo, para amenizar minha resistência. Segundos depois, a sensação de pinça da agulha cravando-se em minha carne foi rapidamente seguida por uma estranha sensação de euforia e paz.

Minha cabeça estava um pouco pesada, e eu não conseguia me lembrar do motivo da minha raiva e medo. Eu pisquei e olhei para o rosto reconfortantemente familiar sentado à minha frente, do outro lado da mesa. Por que ele estava me encarando como se fosse algum tipo de fenômeno estranho que ele quisesse estudar?

— Como você está se sentindo, Brianna? — perguntou meu amigo Stephen.

— Eu estou ótima! — eu disse sorrindo — Bem, na maior parte — eu corrigi — Minha cabeça está um pouco pesada, mas, tirando isso, estou bem.

— Excelente. Fico feliz em ouvir isso — Stephen disse, sorrindo para mim.

Eu gostava quando ele sorria. Ele me lembrava do meu pai, dos tempos em que éramos felizes, quando ele ainda me amava e me chamava de princesinha.

— Eu preciso da sua ajuda, Brianna. Você quer me ajudar? — ele perguntou.

— Sim, claro! O que posso fazer por você?

— Eu adoraria que você me contasse tudo o que puder sobre

Alkor Drayvus. Qualquer detalhe, por mais insignificante que seja — Stephen disse com sua voz amigável... paternal de sempre. Certa vez, ele me mostrou uma foto da filha. Ela tinha quase a minha idade e, em muitos aspectos, parecia mesmo comigo. Eu me lembro de sentir um ciúme feroz e irracional.

— Como você sabe, é importante para mim entender a psicologia de um cliente se eu quiser fazer um trabalho de construção para ele.

— Não tenho certeza se essa construção vai acontecer — eu disse com um olhar simpático.

— Por que isso? — Stephen perguntou.

— Porque Alkor vai embora nas próximas semanas. Ele vai para bem longe e nunca mais vai voltar. Mas ele quer que eu vá com ele — eu disse com um sorriso. Minha mente divagou, relembrando a doçura com que ele me abraçava e me segurava como se eu fosse a coisa mais preciosa do mundo — Ele diz que eu sou a única mulher que já despertou seus instintos de acasalamento, mesmo ele estando vivo há mais de 1300 anos! Ele sabe como fazer uma garota se sentir especial.

Eu ri pensando em como ele disse que queria me morder e trocar fluidos comigo.

Stephen e Daniel trocaram um olhar que eu não entendi, mas que também me fez rir. Em seguida, eles começaram a me fazer um milhão de perguntas sobre mim e Alkor. Eu não me importei em respondê-las, embora, depois de um tempo, tenha começado a me sentir um pouco desconfortável. Por algum motivo, eu suspeitei que Alkor não gostaria que eu revelasse algumas coisas que, francamente, pareciam bastante íntimas. E aquela maldita pressão na minha cabeça, que estava quase se transformando em enxaqueca, não me deixava em paz.

Finalmente, eles pareceram satisfeitos e me levaram para um quarto onde eu poderia tirar um cochilo para me livrar daquela enxaqueca. Enquanto me escoltavam até lá, eu achei estranho estar algemada à cadeira. Mas meu cérebro se recusou a processar mais. Haveria tempo para refletir sobre tudo aquilo mais tarde. Por enquanto, eu só precisava dormir. No minuto em que minha cabeça tocou o travesseiro, o mundo deixou de existir e o bendito esquecimento me reivindicou.

CAPÍTULO 9

ALKOR

E u acordei sob os escombros, lívido, furioso comigo mesmo por "ter levado uma surra", como os humanos gostam de dizer, e ainda por cima de um fracote. Mas, mais importante, eu estava furioso por ter colocado Brianna em perigo com minha negligência. Os escombros me causaram pouco dano. Era preciso muito para causar dano a um Khargal. Nós não éramos à prova de balas, mas, a menos que usassem projéteis perfurantes – e mesmo assim – conseguíamos aguentar muitos disparos antes de nos metermos em encrenca de verdade quando protegidos por nossa pele de pedra.

Então, como em nome de *Lar* aqueles malditos dardos não se estilhaçaram contra mim com o impacto?

Eu sabia que o Sindicato das Rosas havia mantido alguns Khargals em cativeiro, alguns por décadas. Muitos de nós, em diferentes períodos, tentamos resgatá-los, apenas para descobrir que haviam sido transferidos para um local novo e desconhecido. Apesar disso e de quaisquer experimentos que eles sem dúvida realizaram com meus irmãos, o Sindicato das Rosas nunca havia desenvolvido nenhuma tecnologia que representasse uma ameaça séria contra nós, até agora. O que mais eles criaram que nos torna vulneráveis?

Resmungando com o esforço, eu empurrei as pedras que me prendiam ao chão. Eu não fazia ideia de quanto tempo estive inconsciente sob os efeitos daquela droga. Como sempre que me encontrava em uma posição de vulnerabilidade, eu instintivamente entrei em *duramna*. O sono de pedra me permitiu regenerar um pouco e, em teoria, eliminar a droga do meu organismo mais rápido. Assim que eu consegui arrastar as pedras o suficiente para ter um pouco de espaço para me mexer, eu levei algumas pedrinhas aos lábios e as comi para uma explosão instantânea de energia e combustível extra.

Embora ainda preso sob pilhas de pedras, eu finalmente consegui espaço suficiente para pegar meu celular do bolso da calça. Meu alívio ao encontrá-lo intacto durou pouco, pois não tinha sinal. Em um acesso de raiva, eu quase o esmaguei contra as pedras que me aprisionavam, mas, felizmente, consegui me controlar. Eu precisava manter a cabeça fria se quisesse sair dali inteiro e a tempo de resgatar minha Brianna.

Para minha grande angústia, meu celular indicou que já eram 19h11. Eu estava apagado fazia oito horas. Brianna já deveria ter chegado para o nosso encontro. Ela teria perguntado a Lana sobre mim e, juntas, teriam descoberto minha situação. O fato dela não ter vindo me procurar nas catacumbas, depois de não ter conseguido me encontrar em meus aposentos privados, confirmou meus maiores temores.

Lana não se preocuparia em não ter notícias minhas por pelo menos 48 horas, principalmente agora que eu estava envolvido com Brianna. E como eu havia dito aos funcionários para não voltarem até que eu os avisasse, ninguém apareceria amanhã de manhã. Eu precisava sair dessa sozinho, e rápido.

Eu levei algumas horas para me retirar dos escombros. Olhando para o teto, ficou claro que as cargas haviam sido cuidadosamente colocadas na armadilha, para causar o maior colapso possível sem ameaçar a integridade do prédio. Esse tipo de trabalho não poderia ter passado despercebido pelo gerente da construção. Portanto, eu presumi que Stephen e provavelmente alguns dos trabalhadores estivessem envolvidos.

Eu subi as escadas correndo e fiquei de olho no celular até o sinal voltar. Assim que ele voltou, tentei ligar para a Brianna, mas desisti; a boate estava a todo vapor, a música alta abafando tudo. O som da batida do baixo ressoou em meu peito. Eu fui direto para o elevador e notei o número incomum de olhares atordoados ou perplexos em minha direção. Eu estava acostumado a chamar a atenção das pessoas, mas algo mais estava acontecendo ali.

— *Grack!* — eu murmurei, após lançar um rápido olhar para a minha pulseira que controlava meu filtro de percepção. Ela pulsava em uma cor laranja, indicando um mau funcionamento.

Descartando meu plano de subir as escadas para meus aposentos privados – o que teria sido mais rápido – eu me joguei dentro do elevador para me esconder de olhares curiosos. Assim que entrei em meu quarto, eu gemi ao ver meu reflexo no espelho. O disfarce holográfico entrava e saía da existência, me fazendo alternar entre minha forma Khargal, com as asas totalmente à mostra, e meu disfarce humano.

Lá se vai a Primeira Diretriz.

Pelo menos o estroboscópio estava ligado quando eu atravessei a sala. Tomara que a maioria dos clientes descartasse isso como uma ilusão de ótica potencializada pelas luzes estroboscópicas.

Finalmente protegido do barulho, eu liguei para Brianna e esperei vários toques sem resposta. Finalmente, alguém atendeu.

— Amanhã, às 23h, traga o medalhão para o Belvedere — disse a voz do homem que me atacou nas catacumbas — Não se atrase. Se não aparecer, vamos descobrir o quão bem sua mulher voa.

Ele desligou antes que eu pudesse responder. Que mensagem

vaga! Em Montreal, sempre que alguém falava em Belvedere, geralmente se referia a uma das quatro áreas bastante movimentadas no topo do Monte Royal, onde moradores e turistas desfrutavam de vistas deslumbrantes da cidade. À noite, era um refúgio romântico comum para casais.

Dos quatro Belvederes, apenas o do Summit Circle era de fácil acesso, com uma vaga de estacionamento bem ali. Com um prisioneiro a reboque, parecia o mais viável para eles irem. Embora fechasse legalmente às 23h, jovens baladeiros costumavam se reunir lá depois do expediente para tomar cerveja e usar drogas. Mas eu não tinha dúvidas de que os engenhosos agentes do Sindicato das Rosas conseguiriam dar um jeito de mantê-los afastados para nosso pequeno impasse.

Eu descartei o Mirante Camilien-Houde e o Mirante Kondiaronk, pois ambos estavam sempre muito lotados e exigiam uma boa caminhada para chegar até lá.

Apesar da caminhada de dez minutos para chegar ao Mirante de Outremont, ele me pareceu a escolha mais provável. Ele não aparecia em nenhum mapa da cidade e não havia placas indicando o caminho. A vista não era tão deslumbrante e poucas pessoas iriam até lá à noite, tendo que percorrer uma trilha um tanto escura e arborizada.

Por mais que eu odiasse ter que esperar quase 24 horas antes da reunião, que eu passaria me preocupando com o bem-estar de Brianna, a demora me deu um alívio muito necessário. Apesar de nossa força aumentada em comparação aos humanos, nós não éramos hercúleos. Comer pedras geralmente proporcionava cura rápida e apenas pequenas explosões de energia. Eu precisava entrar em *duramna* para me regenerar completamente e curar os hematomas causados pelas pancadas das pedras caídas, antes de enfrentar os fanáticos do Sindicato.

O lado bom é que eu havia recuperado minha armadura e meu escudo. Apesar do cansaço, eu testei ambos para garantir que ainda funcionassem. O sistema de camuflagem embutido no traje me permitiria passar furtivamente pelos agentes do Sindicato. Muito mais potente do que meu dispositivo de camuflagem móvel, ele esconderia Brianna com mais eficácia quando eu a recuperasse. No entanto, meu escudo me assustou um pouco. Mas, claro, ele precisava ser recarregado após décadas de desuso. O acessório de pulso liberaria um campo de energia capaz de desviar ou absorver a maioria dos tipos de projéteis ou rajadas de energia. A ideia daqueles dardos perfurando minha pele de pedra ainda me assustava. Apesar de ainda ser primitiva para os padrões Durassianos, a humanidade havia evoluído muito em termos de tecnologia. Em breve, eles poderiam se tornar uma ameaça real.

Eu passei os últimos mil anos acompanhando de perto a tecnologia humana, aprendendo tudo o que podia, não apenas para poder montar meus próprios sistemas de segurança, mas também na esperança de manter, consertar ou recriar parte da nossa antiga tecnologia Khargal. Uma pena que isso ainda não me permitisse consertar minha arma.

Com minhas tarefas concluídas, eu me sentei novamente em meu poleiro, com os pensamentos em Brianna me fazendo companhia enquanto eu me rendia ao vazio pacífico do *duramna* profundo.

Eu peguei um táxi e pedi para ser deixado perto de uma das entradas do cemitério de Notre-Dame-des-Neiges. Idealmente, eu teria simplesmente voado até lá, mas, sem saber que tipo de forças inimigas me aguardavam, achei mais seguro preservar minhas energias o máximo possível. Ao entrar na área arborizada que levava ao mirante secreto, eu desativei meu filtro de percepção, que me dava uma aparência humana casual. Depois de ativar a camuflagem da armadura que usava, eu ergui minhas asas e alcei voo.

Eu subi mais alto do que o necessário para poder planar sobre o Belvedere e avaliar a situação sem que o bater das minhas asas revelasse minha posição. Assim que eu sobrevoei o mirante, percebi meu erro. O local estar vazio só confirmou isso. Embora eu conhecesse a área, nunca a havia visitado antes. O mirante não tinha rampa ou grade de proteção porque o promontório não terminava em um penhasco ou beirada com uma queda acentuada, mas sim em uma inclinação semi-íngreme. Eles não conseguiram empurrá-la para a morte. Ela só rolaria alguns metros encosta abaixo antes de parar.

Malditos, que vão todos para Macero!

O Mirante do Summit Circle ficava do outro lado da montanha. Tanto esforço para preservar minhas energias. Com um rosnado raivoso, eu bati minhas asas com força enquanto corria para o único outro lugar que fazia sentido... eu esperava. Pelo menos, sem minha pele de pedra, eu poderia voar por horas, por distâncias muito longas, antes que começasse a me cansar. Felizmente, eu cheguei quarenta minutos mais cedo para ter a chance de pegá-los de surpresa. Mesmo com o voo de dez minutos para chegar ao outro lado do Monte Royal, eu cheguei trinta minutos antes ao mirante.

Meu coração disparou ao ver minha companheira, apenas para ter essa alegria substituída pela raiva. Stephen, segurando-a firmemente pelo braço, praticamente a arrastou até o corrimão em frente ao estacionamento. Acorrentada e visivelmente assustada, Brianna assentiu submissa quando ele ordenou que ela ficasse parada. Três de seus homens se posicionaram após proteger o perímetro. Outros dois se esconderam na área arborizada próxima, quase em posições de atirador. Com a maioria das árvores tendo perdido as folhas, eles confiaram na proteção da escuridão para evitar serem detectados. Isso foi estúpido, considerando que eu tinha uma visão noturna perfeita.

Placas ao longo da estrada que levava ao mirante indicavam que ele estava fechado à noite devido às filmagens de um filme.

Isso explicava a ausência de turistas desgarrados ou de baladas noturnas. Isso fazia sentido, considerando que Montreal havia se tornado bastante popular para filmagens de filmes de sucesso e séries de TV.

Planando em espiral descendente, eu pousei silenciosamente perto dos dois carros dos agentes do Sindicato das Rosas. Eu estendi minhas garras e cortei seus pneus traseiros. Movendo-me rapidamente, mas silenciosamente, eu rondei um dos dois atiradores, grato pela ausência de neve e pelo solo seco, para não deixar pegadas que pudessem me denunciar.

Eu esperei o primeiro homem se posicionar, sentindo um prazer sádico por ele não ter a mínima noção de que a morte o espreitava.

— Alex em posição — disse o homem em um pequeno microfone pendurado em seu fone de ouvido Bluetooth.

— Entendido — respondeu a voz de Stephen.

O som abafado era quase inaudível, mas minha audição aguçada me permitiu ouvir seu fone de ouvido. Assim que o homem mirou sua arma, eu cortei sua garganta com minhas garras, cobrindo rapidamente sua boca e nariz para impedir que seus sons gorgolejantes alcançassem seu microfone. Eu desativei minha camuflagem para que ele pudesse encarar a morte de frente. Com os olhos arregalados, tremendo de espasmos enquanto seu sangue vital jorrava em um fluxo intenso, ele me olhou com horror incrédulo antes que a luz se apagasse de seus olhos. Segurando sua jaqueta com a mão livre, eu o abaixei delicadamente no chão, satisfeito por termos mantido o ruído no mínimo.

Reativando a camuflagem da minha armadura, eu alcei voo novamente, planando até a proximidade da localização do segundo atirador. Ele esperou em silêncio, já tendo visivelmente confirmado sua posição. Por mais que eu quisesse repetir o abate anterior, a forma como ele se posicionou, encostado em uma árvore, tornaria muito difícil cortar sua garganta e mostrar meu rosto enquanto ele partia deste mundo. Como chegar até Brianna em segurança sem dar o alarme continuava sendo minha principal prioridade, eu reprimi minha sede de sangue e me contentei em quebrar seu pescoço.

Mais uma vez, eu baixei cuidadosamente minha vítima até o chão e, furtivamente, me aproximei do mirante. Era como um estacionamento com uma ampla calçada que proporcionava uma vista magnífica da cidade, especialmente iluminada à noite. Um grosso parapeito de pedra impedia que os visitantes caíssem e morressem. Brianna se encolheu ao lado dele, com o belo rosto tomado pelo medo enquanto encarava Stephen e seu acólito, parados perto dela.

Conforme eu fui diminuindo a distância, comecei a escutar a conversa deles.

— Patrick disse que o medalhão ainda não saiu da igreja — o homem que me atacou nas catacumbas disse a Stephen — Então, ou ele ainda não foi embora, ou optou por não trazê-lo.

O quê? Como, em nome de Lar, eles sabem?

Não me passou pela cabeça que eles tivessem desenvolvido a capacidade de rastrear o sigilo. Que bom saber, e que bom que eu não o trouxe comigo. Isso teria estragado completamente minha camuflagem.

— Que babaca convencido — Stephen resmungou — Se ela estiver certa sobre essa história de instinto de acasalamento, tenho certeza de que ele virá atrás dela.

— Mas ele pode ter dito isso só para bajulá-la, para que ela lhe desse o que ele queria. Pelo que sabemos, ele só a estava usando, e nesse caso, ele não vai dar a mínima para o que acontecer com ela — o outro homem rebateu.

— Sim, Daniel, existe essa possibilidade — Stephen admitiu — Mas eu duvido. Mesmo que ele esteja apenas a usando, ele não se esforçou tanto para seduzi-la só para abandoná-la agora. Ele precisa dela para alguma coisa e tentará lucrar com esse investimento, se possível. E quando ele aparecer, nós o eliminaremos.

Stephen olhou para o relógio.

Faltavam doze minutos para as 23:00.

— Você o quer morto? — Daniel perguntou.

— Para ser sincero, não me importo muito — Stephen disse, dando de ombros — Londres ainda tem um desses monstros em cativeiro, e eles já descobriram praticamente tudo o que havia para aprender com ele. Eu só quero o maldito medalhão. Albert tem munição perfurante de metal — ele disse, apontando com o queixo para o homem mais próximo da floresta — Eu disse a ele para atirar por último se as coisas parecerem que vão dar errado. Todos os outros têm dardos soníferos. Se a criatura realmente entrou no cio por causa da Brianna, pode ser interessante ver como isso pode ter afetado sua anatomia e sistema endócrino.

— Muito bem — Daniel disse, assentindo — Carl e eu temos cinco dardos soníferos cada, sem contar os atiradores. Um tiro foi o suficiente para acabar com ele, e o segundo o apagou rapidinho. Devemos ficar bem.

— Excelente — Stephen disse com um sorriso malicioso — Mas ainda precisamos daquele sigilo. Mandem alguns dos nossos homens ao clube para explorar o acesso ao andar superior. Na verdade, não homens. Mandem duas das nossas agentes; as mais sensuais e implacáveis que tivermos.

— Entendido — Daniel disse, pegando o telefone.

A raiva fervia dentro de mim como lava prestes a explodir. Como eles ousavam insinuar que eu usei Brianna? Ela ouviu a conversa em silêncio, a expressão magoada em seu rosto indicando claramente que ela havia começado a acreditar que eles poderiam estar certos.

Eles sabem que ela despertou meus instintos de acasalamento. Eles a fizeram falar.

Outra onda de fúria me invadiu enquanto eu imaginava as

milhões de maneiras diferentes e horríveis pelas quais eles poderiam tê-la torturado. Eu queria me lançar sobre os dois e despedaçá-los. Mas isso me exporia – e a Brianna – aos outros dois homens que patrulhavam o estacionamento, Albert e Carl. Eu precisava acabar com aqueles dois antes de voltar para buscar Stephen e Daniel.

Saindo da linha das árvores, eu fui direto para Albert, o homem mais próximo da floresta. Aproximando-me furtivamente dele, ainda escondido pela camuflagem da minha armadura, eu o agarrei pela cintura e joguei minha vítima para o alto, em um leve ângulo, com toda a força que consegui reunir. Ele voou pelo menos dez ou doze metros, dando a ilusão de que eu o havia capturado como uma ave de rapina e o estava carregando para o meu covil. Como eu esperava, os três agentes restantes começaram a atirar acima dele, em uma tentativa inútil de me derrubar.

Aproveitando a confusão e o pânico, eu avancei em direção a Carl, que estava a uns cinquenta metros do outro lado do estacionamento, com o som dos meus passos abafado pelos tiros. Eu me choquei contra ele de lado, com o ombro primeiro. Seu braço se estilhaçou com a força do impacto, e todo o seu corpo voou por vários metros antes de se espatifar com um baque estrondoso. Meio segundo depois, o corpo de Albert caiu em um emaranhado de membros quebrados.

Stephen gritou para os atiradores dispararem. O silêncio retumbante trouxe um sorriso selvagem aos meus lábios.

— Porra! — Stephen gritou, percebendo.

Ele se lançou sobre Brianna, que estava agachada perto do corrimão, com as mãos cobrindo os ouvidos o máximo que as algemas permitiam. Puxando minha mulher de volta para cima, ele apontou a arma para a cabeça dela.

— Chega de joguinhos, monstro! — Stephen gritou — Vá buscar aquele medalhão e traga-o de volta imediatamente, senão eu mato sua companheira. Não pense que vou hesitar.

— Apareça — Daniel gritou, segurando a arma com as duas mãos, os olhos arregalados enquanto me procurava em vão.

— É, apareça — Stephen repetiu. Ele abaixou a arma e apontou para a perna de Brianna — Você tem três segundos ou eu arrebento o joelho dela.

Brianna soluçou, as lágrimas rolando livremente por suas bochechas alimentando minha raiva.

— Três... Dois...

Eu desativei a camuflagem, ficando a apenas cinco metros deles. Os dois homens ganiram ao me verem tão perto. Daniel atirou em um reflexo de pânico. Eu desviei, erguendo meu escudo à minha frente. Para meu alívio eterno, ele desviou o dardo. Bem... não exatamente. O dardo pareceu penetrar no campo de energia por um segundo antes de cair no chão. Eu levei um breve momento para perceber que aquela coisa miserável havia drenado uma parte significativa da integridade do escudo.

Stephen também virou sua arma em minha direção. Eu transformei minha pele parcialmente em pedra, e o peso adicional imediatamente me desacelerou. Mas Daniel disparou novamente. Como eu temia os dardos muito mais do que as balas, eu mantive meu escudo voltado para ele, horrorizado com a velocidade alarmante com que os dardos o estavam esgotando. A primeira bala de Stephen raspou meu braço, mas a segunda atingiu a parte carnuda da minha panturrilha esquerda, impedindo-a de perfurar completamente. Eu investi contra Daniel enquanto ele disparava mais dois dardos.

Só falta um antes que ele deixe de ser uma ameaça.

Assim que o pensamento passou pela minha cabeça, meu escudo ruiu. Um medo frio me percorreu e eu me vi exposto dos dois lados. Os olhos de Daniel se arregalaram, sua boca se abriu em um sorriso sádico, sabendo que ele me tinha exatamente onde queria.

Brianna, que Stephen ainda segurava pelo braço, deixou-se cair no chão como uma boneca de pano, desestabilizando-o. Por um momento, eu pensei que ela tivesse perdido a consciência, mas percebi que, na verdade, ela estava criando uma distração para me dar uma chance. *Minha companheira maravilhosa!* Como a pele de pedra não me protegeria do dardo e me atrasaria demais, eu a dispensei e corri a curta distância entre Daniel e eu. Tentando me manter longe dele, Daniel recuou enquanto se preparava para disparar seu último dardo. Ele se enroscou nos próprios pés e caiu de bunda. Enquanto lutava para se levantar, eu chutei a mão que segurava a pistola de dardos, quebrando alguns dedos dele no processo. A pistola voou para longe, bem fora de alcance. O grito de dor de Daniel se transformou em um ganido quando o agarrei pelo casaco e o levantei do chão.

— Não! — Brianna gritou.

Uma dor lancinante no meu flanco quase fez meus joelhos cederem. Eu larguei Daniel no chão, e segurei minha costela, onde uma bala havia se cravado profundamente. Ele cambaleou para trás, segurando a mão ferida contra o peito.

Pelo canto do olho, eu vi Stephen mirando em mim novamente. Embora eu tenha me esquivado, eu cerrei o maxilar com a ardência da bala atravessando minha asa esquerda. Brianna, caída aos pés de Stephen, chutou a parte de trás da perna dele, fazendo-o cair de joelhos, e então chutou a arma da mão dele.

— Sua vadia! — Stephen gritou, dando um tapa nela.

Sua cabeça foi jogada para o lado com a força do impacto, com sangue escorrendo pelos cantos dos lábios. Eu rugi de fúria e, sem me importar com meus ferimentos, corri em direção a eles.

Em pânico, vendo a morte se aproximando, Stephen levantou com um salto, arrancou Brianna do chão e, com a força do desespero, a jogou por cima do corrimão curto.

Como em câmera lenta, eu vi o terror em seus olhos enquanto ela arranhava em vão o casaco de Stephen. Seu grito ressoou alto em meus ouvidos. Eu ignorei Stephen, que se esforçava para recuperar sua arma. Com o coração disparado, eu usei meu impulso e abri minhas asas. Desviando do meu alvo inicial, eu voei sobre sua cabeça e desci pela borda íngreme, pegando Brianna enquanto ela despencava em direção ao chão.

Endireitando-me para planar a apenas um metro do chão da montanha, eu ativei minha camuflagem e bati as asas para recuperar altitude. Stephen disparou alguns tiros, um deles se cravou na minha coxa. Eu rosnei de dor, mas continuei voando. Brianna jazia mole em meus braços, tendo perdido a consciência de medo ou entrado em choque. Cada bater de asas enviava uma nova onda de agonia. Receber aquele tiro perfurante sem pele de pedra quase foi fatal.

Ainda pode ser.

Eu agradeci silenciosamente ao Sindicato das Rosas por escolher o Belvedere como ponto de encontro. Era um voo curto até o centro de Montreal, embora parecesse uma eternidade excruciante. Minhas asas estavam pesadas e os músculos dos meus braços queimavam tentando segurar Brianna, apesar de seu peso leve. Quase dez minutos depois de pular o parapeito do mirante, eu meio que aterrissei, meio que desabei no telhado do The Darkest Hour. Entrar no meu quarto por uma das muitas entradas secretas que eu havia construído pareceu um esforço hercúleo.

Eu deitei Brianna na minha cama, pedindo-lhe que ficasse quieta. Caindo de joelhos, eu fiquei imóvel por um instante para me recompor, enquanto lutava contra a vontade de mergulhar no tranquilo descanso de *duramna*. Sacudindo-me para voltar à ativa, eu verifiquei rapidamente se Brianna havia se machucado além do leve inchaço na bochecha onde Stephen a havia golpeado com as costas da mão. Embora tivesse recuperado a consciência na metade do voo, ela ainda tremia como uma folha.

Satisfeito por ela estar ilesa, eu ignorei meus ferimentos e fui buscar um copo d'água para ela. Eu me sentei na beira da cama e a puxei para o meu abraço. Ela não resistiu e aceitou a bebida gelada com as mãos trêmulas. Ela a bebeu de um só gole, sem parar para respirar. Assim que ela terminou, eu peguei o copo da mão dela e o coloquei no criado-mudo ao meu lado.

Eu fechei minhas asas em volta dela e sussurrei palavras reconfortantes em seus ouvidos até que ela se acalmasse e seu tremor diminuísse. A sensação dela, aconchegada em meus braços, teve o efeito mais reconfortante em mim. Brianna foi feita para mim.

— Sinto muito que você tenha se metido nessa confusão — eu disse, com a voz carregada de remorso — Isso nunca deveria ter acontecido. Eu deveria ter te protegido melhor.

— Você não podia ter feito nada — Brianna disse com a voz trêmula — Eles me enganaram enquanto eu estava no trabalho.

Ela continuou me contando o que tinha acontecido e explicou vergonhosamente o interrogatório ao qual a submeteram.

— Não é sua culpa, minha Brianna — eu disse gentilmente, acariciando seus cabelos — Eles usaram algum tipo de soro da verdade em você. Pouquíssimas pessoas conseguiriam resistir à sua compulsão. Eu só estou aliviado que eles tenham usado isso em vez de qualquer forma de tortura de verdade. Eu nunca teria me perdoado se eles tivessem te machucado.

— Mas e você? — Brianna perguntou, inclinando-se para trás para olhar meu rosto e meu peito — Eles atiraram em você. Você está bem?

— Eu vou ficar bem quando entrar em *duramna* — eu disse sorrindo para ela de forma tranquilizadora.

— Meu Deus! Você está machucado! — ela exclamou, pulando do meu colo e forçando minhas asas a se abrirem — Por que você não disse isso antes, em vez de me deixar tagarelando assim? Onde? — ela perguntou, me cutucando em busca dos ferimentos — Onde eles te acertaram?

Ela primeiro viu o pequeno corte no meu braço e depois percebeu o sangue secando no meu lado.

— Levante o braço! Cadê seu kit de primeiros socorros? — ela exigiu, em um tom de voz que não admitia discussão.

— Você não vai poder me ajudar com este — eu disse gentilmente — É muito profundo. Algumas horas em *duramna* vão empurrar a bala para fora. Mas você pode me ajudar com as outras três balas que eu tenho presas em mim. Uma está na minha panturrilha, a outra na minha asa e a última na minha coxa. Meus ferimentos não devem precisar de nenhum atendimento médico. Eu só preciso descansar.

— Quatro balas? — ela exclamou, arregalando os olhos.

Eu não consegui conter o sorriso que se formou em meus lábios diante da expressão dela. Ela não conseguia decidir se estava indignada por eu ter escondido isso dela por tanto tempo, horrorizada por eu ter sido machucado dessa forma, ou se simpatizava com a dor que eu devia estar sentindo.

Minha mulher era adorável.

— Não é nada sério — eu disse, me levantando e tirando as botas e as calças. Sentando-me novamente, eu engoli uma careta de dor na lateral do corpo e levantei a perna para cima da cama, expondo a panturrilha esquerda — Veja bem, quando eles começaram a atirar, eu transformei minha pele em pedra. A maioria dos projéteis não consegue atravessá-la, e minha armadura fornece proteção adicional. Ela foi projetada para desacelerar qualquer objeto perfurante que tente penetrar minha pele e distribuir o impacto de qualquer golpe para reduzir as chances de fraturas.

Estendendo minhas garras, eu alcancei a bala, apenas meio enterrada na minha carne, e cuidadosamente a extraí da minha perna. Brianna me encarou fascinada, seus olhos passando da bala na minha mão para o pequeno buraco na minha perna, pingando sangue que coagulava rapidamente.

— Mas eu vou precisar da sua ajuda com as outras duas — eu disse, me levantando para pegar um alicate de bico fino na minha mesa de trabalho.

— Não dói andar? — Brianna perguntou, perplexa, enquanto me acompanhava até minha mesa de trabalho.

Eu balancei a cabeça — Não — eu respondi honestamente — Minha perna dói o suficiente para que eu saiba que foi machucada, mas não o suficiente para me incapacitar ou me fazer mancar.

Eu reprimi outro sorriso diante da tentativa descarada de Brianna de ignorar meu pau exposto balançando entre as pernas. Como eu nunca usava cueca, eu devia estar um espetáculo, nu, exceto pela minha camisa social.

— Aqui está — eu disse, entregando-lhe o alicate.

Ela o tirou da minha mão e me seguiu de volta para a cama. Eu me sentei na beira da cama e me deitei de lado para expor o ferimento de bala na parte de trás da minha coxa.

— Você está vendo? — eu perguntei.

— Sim — ela sussurrou, a tensão claramente audível em sua voz.

— Não se preocupe, Brianna — eu disse com uma voz suave e reconfortante — Quase não dói. É só puxar. Eu mesmo faria, mas está um pouco fora de alcance.

Tecnicamente, eu poderia simplesmente entrar na forma de pedra. Durante a regeneração, eu naturalmente expulsaria qualquer substância ou objeto estranho do meu corpo, o que poderia levar algum tempo. No entanto, fazer isso atrasaria o processo de cura, que só começaria depois que a bala fosse removida – algo que não podíamos nos dar ao luxo de fazer nesse momento.

— Ok — Brianna disse baixinho — Me avisa se eu te machucar, tá?

— Eu prometo — eu disse, sabendo que não faria isso e quase sem sentir culpa pela enganação.

Minha mulher tentou segurar a bala com firmeza, mas o alicate escorregou algumas vezes. Ela resmungou um palavrão baixinho, e eu reprimi outro sorriso. Depois de mais algumas tentativas frustradas, Brianna quase conseguiu retirá-la antes de perder o controle novamente.

— Filha da puta! — ela retrucou.

Desta vez, eu não consegui conter o riso. Mas a dor lancinante da bala no meu flanco o cessou rapidamente.

— Desculpe — ela murmurou.

— Está tudo bem, minha Brianna — eu disse, sorrindo — Essas coisas são complicadas. Você vai conseguir. Não há pressa.

— Sabe, Alkor, você é que está ferido — ela disse, parecendo um pouco chateada — Eu é que deveria te tranquilizar dizendo que vai ficar tudo bem. Eu sou a enfermeira mais patética do universo. Você merece muito mais por me salvar.

Eu franzi a testa ao ouvir suas palavras — Nada pode ser melhor para mim do que você. Você não é patética — eu disse, olhando para ela por cima do ombro — Você é forte e corajosa. O que você fez lá atrás foi extremamente corajoso. Você provavelmente salvou a vida de nós dois desarmando Stephen. Não seja tão crítica consigo mesma nem subestime o quão incrível você é.

O olhar que ela me lançou, cheio de carinho e gratidão, derreteu meu interior.

— Eu não ia deixar ele te matar — ela disse, com uma voz que misturava raiva, força e determinação em igual medida — Eu não te encontrei só para te perder daquele jeito. E você não esperou todo esse tempo para ir para casa só para ter um bando de intolerantes e fanáticos te impedindo de ir. Eles não vão vencer.

Aparentemente encorajada pelas próprias palavras, ela agarrou a bala com o alicate e a arrancou com um movimento rápido. Eu engoli um chiado ao sentir a queimação, rapidamente seguido de alívio quando o ferimento começou a fechar imediatamente. Levaria muitas horas para cicatrizar completamente, mas o sono profundo reduziria esse tempo pela metade.

— Muito bem — eu disse — Só falta uma.

Sentando-me novamente, eu abri minha asa ferida e Brianna rapidamente removeu a bala incrustada ali. Assim que ela terminou, eu a puxei de volta para o meu colo.

Ela sorriu, envolveu meu pescoço com os braços e esfregou o nariz no meu. Suas palavras ecoavam na minha cabeça.

"Eu não te encontrei só para te perder daquele jeito."

Será que isso significava que Brianna estava pensando seriamente em vir comigo, já que ela também reconheceu que eu não tinha esperado tanto tempo para voltar para casa e ver esses planos frustrados? Minha língua ardia de vontade de pedir confirmação, mas eu não queria pressioná-la indevidamente.

— Tem certeza de que não quer que eu tente remover essa bala do seu lado? — ela perguntou.

Eu concordei — Sim, tenho certeza. Ela pode ser empurrada ainda mais para dentro se mexermos nela.

Ela franziu a testa e assentiu lentamente, com uma expressão preocupada no rosto — Então, você vai entrar nesse sono de pedra para se curar? — ela perguntou.

— Sim, em alguns minutos. Mas primeiro eu preciso avisar a Lana sobre o que aconteceu e que nós dois estamos seguros.

Brianna assentiu novamente, com uma expressão séria no rosto. Incapaz de resistir, eu me inclinei e a beijei delicadamente nos lábios. Ela sorriu, e suas feições se suavizaram com uma expressão terna.

Lar me ajude, ela está roubando meu coração.

— Eu quero que você fique aqui esta noite — eu disse, e pigarreei, envergonhado por minha voz trair tão descaradamente a extensão das emoções que ela despertava em mim — Aliás, há alguma chance de você ligar dizendo que está doente pelos próximos dias ou pedir uma folga?

Eu só queria dizer à Brianna para largar o emprego. No entanto, eu tinha virado a vida dela de cabeça para baixo nos últimos dias e, portanto, precisava agir com cautela. Com sorte, eu conseguiria fazê-la chegar à mesma conclusão sozinha.

Brianna mordeu o lábio inferior, pensativa — Uma folga não é uma opção, mas eu poderia ligar amanhã de manhã e dizer que estou com uma virose estomacal. Isso me daria alguns dias e aí o fim de semana chegaria.

Quatro dias. Melhor do que nada, mas nem de longe o suficiente. Eu pediria à Lana para pedir a um de seus amigos médicos que lhe desse uma desculpa para uma licença médica mais longa.

— Muito bem — eu disse — Vamos começar por aí. Mas você entende que enquanto eu estiver aqui na Terra, você não estará segura?

Com os olhos fixos nos meus, Brianna engoliu em seco e então assentiu.

— Agora que eles sabem com certeza o quanto você é importante para mim, vão tentar de tudo para te pegar de novo. E... — eu hesitei em continuar.

— E? — ela perguntou, com uma expressão que deixava claro que ela não me deixaria escapar.

— E eles ainda podem vir atrás de você depois que eu partir, mesmo que seja só por despeito.

Brianna expirou alto, um arrepio percorrendo seu corpo.

— Eu disse a mim mesmo que não a pressionaria de novo tão cedo, mas espero que você considere seriamente vir comigo — eu disse em um tom cauteloso — Primeiro porque eu realmente a quero ao meu lado. Os últimos dias, sem essa confusão, foram mágicos. E segundo, porque eu nunca terei um momento de paz, preocupado com o que pode estar acontecendo com você. É um grande passo a ser dado, e eu realmente sinto muito por ter te arrastado para isso, mas...

Brianna cobriu minha boca com a mão, me interrompendo, e então traçou delicadamente o formato dos meus lábios com os dedos.

— Algemada naquele penhasco esta noite, eu pensei que, desta vez, a morte realmente me pegaria — Brianna disse, segurando meu rosto entre as mãos — Nas últimas 24 horas, aqueles homens se esforçaram para tentar me convencer de que você estava me usando. Que você não se importava comigo, apenas com os benefícios que poderia obter de mim, seja apenas gratificação sexual, ou me usar como ferramenta para atingir seu objetivo. Mas você não precisa de mim para isso.

Brianna se mexeu no meu colo, seus dedos percorrendo meus ossos faciais, desenhando-os um por um.

— Dezenas de mulheres lá embaixo dariam o seio esquerdo por uma chance de dormir com você — ela disse, melancolicamente — Mesmo vendadas e acorrentadas para não verem quem você é de verdade, elas aceitariam. Então, no quesito sexo, você está garantido. E no quesito amiga dedicada e prestativa, a Lana cumpre esse papel. Você não precisava vir me buscar. Mas você veio. Você poderia ter morrido esta noite, mas correu esse risco por mim. Duas vezes, você salvou minha vida. Ninguém jamais me fez sentir mais valorizada e digna do que você.

— Porque você é digna — eu disse com toda a sinceridade que sentia — Você é mais do que digna.

— Viu? Lá vem você de novo — ela disse com os olhos marejados — Você me faz feliz. Nós estamos juntos há poucos dias, mas você já virou uma droga para mim. Eu não quero ficar sem você. Como eu disse, acabei de te encontrar e não tenho intenção de te perder. Pensar no seu mundo me apavora, mas vale a pena correr esse risco.

Meu coração quase explodiu no peito. Apertando-a com mais força, eu esmaguei seus lábios com um beijo que não escondeu nada da profundidade do sentimento que florescia dentro de mim por ela, pela minha companheira, minha *Hondassa*.

Minhas mãos avidamente a percorreram até que uma dor aguda no meu flanco amenizou meu ardor. Embora claramente relutante, Brianna me deteve.

— Você está machucado e precisa se curar. Ligue para a Lana e depois vá dormir. Seus ferimentos podem não estar mais sangrando, mas ainda estão abertos. Isso me assusta. Eu queria que você me deixasse desinfetá-los ou algo assim — Brianna disse, olhando feio para minha panturrilha ferida.

Eu gemi de frustração, mas reconheci a sabedoria de suas palavras. Eu peguei meu celular e liguei para Lana, que atendeu ao primeiro toque. Perceber que ela devia estar acampada perto do aparelho, esperando notícias minhas, me fez sentir culpado por ter demorado tanto para lhe dizer que estava tudo bem. Depois de uma rápida atualização, ela prometeu trazer comida e roupas limpas para Brianna pela manhã.

Vestindo minhas calças Durassianas de sempre, eu fiquei acordado até a Lana trazer a comida. Ela me examinou da cabeça aos pés, com uma expressão preocupada nos olhos, antes de me abraçar e fazer o mesmo com a Brianna. Meu peito apertou ao pensar em me separar da Lana. Ela seria para sempre uma mãe e uma irmã mais velha para mim. Eu mostrei à Brianna como o sistema de entretenimento funcionava e, com um último beijo, subi no meu poleiro e entrei em *duramna*.

CAPÍTULO 10

BRIANNA

A manhã me encontrou esparramada na cama de Alkor, completamente sozinha. Meus olhos se voltaram para seu poleiro, onde ele permanecia em forma de pedra. Pulando da cama, eu me aproximei de sua estátua e lutei contra a vontade de tocá-lo. Depois que nos envolvemos, ele confessou que realmente sentiu meu toque naquela primeira vez e que isso quase o deixou louco de tesão. O meu lado brincalhão queria totalmente provocar, agarrar e acariciar. A simples ideia disso me deixou excitada, pulsando em todos os lugares certos. Eu não conseguia mais ver nenhum sinal dos ferimentos de bala em seu corpo. O do lado dele havia fechado. Olhando ao redor de seu poleiro, eu finalmente avistei a bala que havia sido ejetada durante a noite. Por mais que eu quisesse perguntar como ele se sentia, eu não o perturbei, sabendo que ele ainda precisava descansar, ou já teria acordado de seu sono de pedra.

Ainda assim, eu fiquei fascinada como suas calças tinham adquirido uma textura de pedra semelhante à sua pele. Se você não soubesse, nunca imaginaria que eram roupas, pensando ser apenas algum detalhe da estátua. Com um suspiro, eu peguei o telefone e liguei para o meu escritório. Eles perguntaram sobre a emergência que me fez sair correndo dois dias antes. Eu lhes assegurei que tudo estava sob controle. Um dos funcionários tinha feito algo errado, mas conseguimos consertar. Então, eu informei que estava com diarreia e que vomitaria minhas tripas por um futuro próximo. Felizmente, eu não era do tipo que ligava para dizer que estava doente com frequência. Eles não questionaram a conveniência do horário que efetivamente me daria um fim de semana de quatro dias e apenas me desejaram uma rápida recuperação.

Eu vasculhei o armário de Alkor, onde havia deixado algumas blusas e uma saia. Eu estendi minha roupa na cama e entrei no chuveiro. Eu me vesti, decidindo ficar sem roupa íntima, e lavei minha calcinha à mão, que eu pendurei para secar no banheiro. Olhando-me no espelho, eu estremeci ao ver o hematoma inchado na minha bochecha, onde Stephen me deu um tapa com as costas da mão. Ainda bem que eu não ia trabalhar, afinal; isso seria difícil de explicar.

Encontrando Alkor ainda se regenerando, eu entrei no elevador e desci para o andar principal enquanto o restaurante ainda estava fechado. Alguns garçons já estavam ocupados preparando o serviço de almoço. Eles me cumprimentaram com um aceno de cabeça antes de retomarem o trabalho. Eu não me misturei com os funcionários, não que eu me importasse. Eles sempre mantinham uma distância educada. Eu suspeitei que a ordem tivesse vindo de Lana, que havia examinado minuciosamente cada funcionário do clube antes de contratá-los. Parte de mim se sentiu aliviada. Assim como o restante dos clientes, os funcionários não tinham a chance de se aproximar de Alkor. Sabendo que eu era namorada dele, eles certamente estavam loucos para eu contar tudo sobre o chefe deles e descobrir todos os detalhes interessantes.

Eu corri direto para a cozinha e preparei rapidamente um sanduíche de presunto e queijo, acompanhado de iogurte natural com mel, e também peguei uma pera asiática enorme. Se eu fosse passar os próximos quatro dias confinada no apartamento dele, teria que implorar para a Lana encomendar algumas coisas extras para levar para o andar de cima, para que eu pudesse cozinhar para mim e para o Alkor. Eu me senti como uma vagabunda descendo para invadir a cozinha do restaurante.

Assim que terminei de devorar meu café da manhã, eu limpei a bagunça e estava voltando para o elevador quando Lana chegou.

— Ei, querida! — ela exclamou, caminhando rapidamente em minha direção, com as mãos carregadas de sacolas — Como você está se sentindo? — ela perguntou, com uma expressão preocupada.

— Eu estou ótima, obrigada — eu disse, sorrindo de volta para ela.

Ela era uma mulher tão adorável. Havia algo totalmente maternal nela que alimentava o vazio profundo que a morte da minha mãe havia deixado em mim. A primeira vez que eu a vi, temi que ela fosse uma concorrente. Ainda no auge, Lana tinha uma beleza atemporal, uma elegância refinada, porém descontraída, e uma força inegável envolta em luvas de seda. Qualquer homem se apaixonaria por uma mulher como ela. Considerando a idade venerável de Alkor, vinte e oito ou cinquenta anos provavelmente não faziam diferença para ele.

— Eu venho trazendo presentes — ela disse, levantando as sacolas para dar ênfase.

— Deixe-me ajudá-la com isso — eu ofereci, estendendo a mão para pegar alguns deles.

— Obrigada, querida — ela disse, me dando uma sacola de compras e uma sacola de loja de departamentos que eu presumi conter roupas.

Eficiente como sempre, ela adivinhou com precisão o que eu precisava.

— Como está o nosso menino? — ela perguntou quando entramos no elevador.

— Dormindo à vontade com seu pequeno coração de pedra.

Ela sorriu, seus olhos brilhando com um brilho travesso.

— Bom, ele precisa.

Assim que entramos no quarto e confirmamos que Alkor ainda estava em seu poleiro, Lana me ajudou a desfazer as malas e guardar o conteúdo. Havia comida suficiente para duas pessoas por semana. Ela insistiu que eu voltasse mais tarde para levar todas as frutas e vegetais que eu precisasse ou quisesse.

— Volto já — ela disse antes de se desculpar.

Enquanto a esperava, eu dei uma olhada na sacola de roupas, grata pelas calcinhas limpas e, no geral, impressionada com seu gosto impecável. As roupas combinavam perfeitamente com o meu estilo, o que revelava seu senso de observação. Mesmo assim, por mais grata que eu me sentisse, elas eram claramente roupas de qualidade. Ela devia ter pago uma fortuna por elas, e eu não me sentia confortável com ela gastando tanto comigo, apesar da situação delicada. Eu precisava encontrar uma maneira de abordar o assunto da retribuição sem magoá-la ou ofendê-la.

Lana voltou segurando duas pilhas de documentos nas mãos.

— Este é o testamento de Alkor — ela disse — E este é o seu.

Eu pisquei, meu cérebro girando por um minuto — Meu?

Ela sorriu e assentiu, gesticulando para que eu me sentasse à mesa antes dela mesma se sentar.

— Alkor tem estado ocupado arrumando a casa — Lana explicou calmamente — Ele tem uma riqueza enorme da qual não precisa e que deixará para trás. Ele tem sido muito generoso com minha família, entre outros. Embora eu espere que você vá com ele, ele deixou o suficiente para garantir uma vida de conforto e luxo pelo resto dos seus dias, caso decida ficar.

— Mas... Isso é loucura — eu sussurrei ao ver o valor absurdamente alto declarado no documento, incluindo algumas propriedades e vários itens raros e colecionáveis — Por que ele faria isso?

— Ele se importa muito com você, Brianna — Lana disse com um sorriso gentil e cheio de gratidão — Eu nunca o vi tão feliz quanto desde que finalmente a deixou entrar na vida dele.

— Você armou isso, não foi? — eu perguntei, percebendo de repente — Você entrou em contato com meu escritório esperando que eu fosse.

— Sim — ela disse, sustentando meu olhar com firmeza — Eu vi Alkor se lamentar por você nos últimos 10 anos, se torturando com essa bobagem da Primeira Diretriz. Quer dizer, tudo bem, eu entendo que a maioria da população surtaria, mas você é a alma gêmea dele. Ele está completamente apaixonado por você desde aquela primeira vez que você apareceu no clube pedindo para vê-lo. Essa era a última chance dele de ficar com você. Eu não ia deixá-lo desperdiçar. Alkor é como um filho e um irmão para mim. Eu quero que ele seja feliz. E acredito que você pode trazer felicidade a ele. Você já traz.

Minha garganta apertou novamente, e lágrimas brotaram em meus olhos.

— E pensar que eu temia que você pudesse ser uma rival — eu disse, tentando usar o humor para não fazer papel de boba e me transformar em um desastre choroso.

Os olhos de Lana se arregalaram e então ela caiu na gargalhada.

— Meu Deus, não. Eu o amo, mas pedra não é minha praia — ela disse com uma piscadela.

Eu sorri e olhei melancolicamente para Alkor, ainda dormindo — Ele consegue nos ouvir? — eu perguntei.

Lana lançou-lhe um olhar de lado antes de se virar para mim. Ela deu de ombros — Talvez. Às vezes ele está apenas meio adormecido, então está ciente do que acontece ao seu redor, como naquela primeira vez em que você estava... admirando a estátua de gárgula nas catacumbas.

Meu rosto esquentou de vergonha. Lana riu, satisfeita

consigo mesma. Eu lancei-lhe um olhar falso de raiva, o que a fez rir ainda mais.

— Mas duvido que esteja. Ele se aprofundou para se curar completamente e maximizar sua energia antes da jornada que tem pela frente — Lana cobriu minha mão com a dela e a apertou de leve — Alkor precisa sair de Montreal o mais rápido possível e começar a se dirigir ao ponto de encontro. Ele não disse a ninguém onde fica. É mais seguro para todos os envolvidos. Mas ele não pode mais ficar aqui, e você também não deveria. Seja qual for a sua decisão final, você também deve sair de Montreal.

Eu engoli em seco e assenti, pensando em como lidaria com meu empregador. Embora eu quisesse simplesmente entregar minha demissão, seria um escrutínio muito grande se eu fizesse isso agora. Eles designariam prontamente um novo engenheiro para o projeto, que viria verificar o estado atual das catacumbas e começaria a trabalhar — sem mencionar que eles pediriam explicações sobre por que Lana não queria mais trabalhar com a construtora de Stephen. Nós não podíamos arriscar que alguém mexesse no prédio ou no sistema de segurança que Alkor havia instalado até que tivéssemos ido embora em segurança.

— Se você está pensando no seu emprego agora, sinceramente, você não vai precisar mais dele, mesmo que decida ficar — Lana disse — A menos, é claro, que você o ame demais para desistir. Mas até que você se decida, aqui está um atestado médico datado deste próximo domingo. Ele diz que você foi diagnosticada com uma infecção grave por *E. coli*, o que deve lhe dar até mais dez dias de licença médica. E se precisar de mais tempo, ele dirá que complicações relacionadas aos seus rins exigirão uma licença mais longa.

— Uau, você pensa em tudo! — eu sussurrei, impressionada.

— Eu sou boa no que faço — ela disse com um sorriso presunçoso.

Eu balancei a cabeça e ri.

— Vou deixar isso com você. Embora isso não seja exatamente legal, o Comissário de Juramentos já assinou seu testamento — Lana disse — Se você decidir ficar, queime estes documentos e venha reivindicar sua herança. Se decidir ir com ele, preencha este formulário, indicando a quem deseja doar seus bens, e depois envie-o de volta para mim. Eu cuido do resto.

— Obrigada, Lana — eu disse, genuinamente grata — Eu vou preencher o documento e deixar aqui para você.

Compreendendo meu significado oculto, seus olhos se arregalaram e depois se encheram de lágrimas. Ela se levantou e lançou um olhar maternal para Alkor antes de olhar de volta para mim.

— Estou tão feliz que você nunca parou de procurá-lo — ela disse. Me puxando para perto, ela me abraçou, beijou minha testa e foi embora sem dizer mais nada.

Meus dedos pousaram na minha testa, onde seus lábios haviam tocado, como os da minha mãe costumavam fazer tantos anos atrás. Recostando-me à mesa, eu comecei a preencher os formulários. Apesar do distanciamento, eu doei metade de tudo para meu pai e dividi o restante entre várias organizações que prestavam assistência a vítimas de acidentes de carros e suas famílias. Assim que eu terminei, peguei uma cadeira e a levei para perto do poleiro de Alkor. Eu me sentei e liguei a TV para assistir ao noticiário, com a cabeça apoiada em seu tornozelo.

～

Eu acordei com a textura áspera das mãos de Alkor acariciando meu rosto e meu cabelo, seus lábios roçando os meus. Minhas pálpebras se abriram ao vê-lo me olhando com algo próximo à reverência. Eu sorri e juntei minhas mãos atrás de seu pescoço. Ele sorriu de volta e me pegou no colo antes de se levantar da posição agachada. Eu envolvi minhas pernas em volta de sua cintura enquanto ele me carregava para a cama, com os olhos fixos nos meus. Ele me colocou na frente da cama e me ajudou a tirar as roupas, suas palmas e lábios percorrendo meu corpo enquanto me libertava da camisa e, em seguida, da saia. Ela ainda balançava nos meus tornozelos quando ele me empurrou de volta para a cama. Um rosnado satisfeito ecoou do seu peito quando ele percebeu que eu não estava usando calcinha, nem sutiã. Eu lutei para tirar a saia por causa da impaciência de Alkor.

Caindo de joelhos diante de mim, ele me arrastou até a beira da cama e, abrindo bem as minhas pernas, mergulhou em direção ao meu âmago com uma fome voraz. Minhas costas arquearam para fora da cama quando sua língua áspera lambeu minha abertura freneticamente antes de seus lábios se fecharem sobre meu pequeno nódulo. Uma onda de prazer e luxúria explodiu na boca do meu estômago, meus mamilos endurecendo dolorosamente, ansiando por seu toque. Enquanto sua língua provocava e massageava meu clitóris, dois de seus dedos deslizaram para dentro de mim, esfregando meu ponto sensível do jeito certo a cada estocada. Meu estômago estremeceu e minhas pernas tremeram enquanto o prazer aumentava rapidamente.

Eu belisquei meus mamilos com uma das mãos enquanto esfregava os chifres de Alkor com a outra, raspando cuidadosamente as bases dos três chifres centrais com as unhas. Ele estremeceu e emitiu aquele grunhido de prazer que sempre me fazia loucuras. Como se em retaliação por tocar seus pontos erógenos, ele intensificou a velocidade de suas aplicações até que eu me desfizesse contra sua boca. Mesmo enquanto meu corpo tremia com os espasmos da liberação, ele continuou a me lamber.

Cedendo finalmente, ele beijou e mordiscou a pele sensível da minha barriga antes de se concentrar nos meus seios. Ele adorava mordê-los delicadamente e roçá-los com os caninos. Eu tinha uma queda por vampiros e temia e ansiava que ele cedesse e cravasse as presas na minha carne. Desde a primeira vez que ele mencionou o beijo de acasalamento, Alkor não tocou mais no assunto. Ele não queria me pressionar, pois parecia um vínculo bastante permanente, mas eu queria que ele o fizesse.

Quando ele abandonou meus seios, seus lábios se arrastando em direção ao meu pescoço, eu o empurrei para trás antes que ele pudesse se acomodar em cima de mim. Por mais que eu quisesse o pau dele dentro de mim, eu o queria na minha boca primeiro. Antes dele, eu nunca tinha gostado muito de fazer sexo oral em um cara. Isso sempre fazia meu queixo doer, e a parte do engasgo, o reflexo de vômito, quando o cara ficava muito excitado, não ajudava muito. Mas com Alkor... Puta merda! Um pau nunca teve um gosto tão bom. Eu poderia fazer sexo oral nele por dias.

Surpreso, Alkor se inclinou para o lado e me lançou um olhar interrogativo. Eu o empurrei de costas, pressionei meus lábios nos dele e, em seguida, lambi e beijei um rastro em seu corpo musculoso. Eu adorava a textura estranhamente áspera de sua pele cinza-clara. Eu nunca estive com um homem com músculos e abdômen tão bem definidos. Ele tinha o corpo de um deus. Mas quando me aproximei mais do meu prêmio, Alkor se endireitou e me puxou para trás, me fazendo gritar de surpresa. Virando-me, ele me fez ajoelhar sobre seu rosto. Eu sorri, me sentindo safada enquanto me inclinava para tomá-lo na boca.

Deve ter passado uns dez anos desde a última vez que eu fiz um 69.

Meus músculos abdominais se contraíram enquanto a língua perversa de Alkor mais uma vez percorria meu clitóris com atenção habilidosa. Um gemido escapou da minha garganta enquanto o prazer começava a crescer novamente, lá no fundo. Como eu poderia me concentrar em dar prazer a ele enquanto ele me levava ao limite com tanta facilidade?

Tentando bloquear um pouco do êxtase que ele me proporcionava, eu baixei o olhar para sua virilha e envolvi seu pênis alienígena com a mão. Longo e grosso, um tom de cinza azulado um pouco mais escuro que o resto de sua pele, a ondulação ao longo de sua extensão o impediria para sempre de ser confundido com o de um humano. Ele era grande demais para meus dedos tocarem, mas isso não me impediu de acariciá-lo algumas vezes antes de me inclinar e beijar sua cabeça. Seu eixo se contraiu na minha mão e suas bolas se moveram, me fazendo sorrir.

Eu adorava a sensibilidade dele ao meu toque, especialmente à minha língua provocando sua cabeça e a pequena fenda na parte superior. Alkor gemeu de prazer quando aumentei meu aperto enquanto o acariciava, até que ele recompensou meu esforço com uma gota de sêmen. Eu a lambi, gemendo de prazer enquanto o gosto de caramelo salgado explodia em minhas papilas gustativas. Eu não sabia se ele continha algum tipo de afrodisíaco ou substância viciante, mas cada vez que o provava, minha pele esquentava, minhas paredes internas se contraíam de desejo e eu ansiava por mais.

Com um gemido faminto, eu enrolei minha boca em seu pau até a cabeça atingir o fundo da minha garganta. Um arrepio o percorreu, e ele emitiu um rosnado estrangulado, que só alimentou minha fome. Eu o chupei com uma energia febril, me deleitando com a sensação de seus sulcos em meus lábios, seu sabor celestial em minha língua e seus suspiros em meus ouvidos. Mas enquanto ele se aproximava do clímax, o meu próprio ameaçou me roubar meu prêmio, enquanto onda após onda de prazer me levava ao limite. Sabendo que não duraria muito mais, eu o tomei o mais fundo que pude em minha garganta e ronronei.

Alkor detonou com um rugido, sua semente explodindo dentro da minha boca, seus dedos afundando quase dolorosamente na carne macia do meu traseiro. Enquanto eu engolia a guloseima doce e salgada, Alkor esfregou meu clitóris até que eu também gozei. O quarto girou, figurativa e literalmente, enquanto meu amante me virava de costas. Destruída pelos meus dois orgasmos, eu fiquei deitada, acabada, na cama. Mas ele não tinha terminado comigo.

Subindo em mim, ele cobriu meu pescoço e rosto de beijos,

roçando meus ombros com seus caninos, antes de reivindicar minha boca. Seu beijo foi profundo e possessivo. Ele estava reivindicando seu domínio, me marcando. Com os olhos fixos nos meus, ele se empurrou para dentro de mim.

— Você é minha, Brianna. Agora e para sempre. Ninguém jamais vai te tirar de mim.

— Sim — eu sussurrei enquanto ele começava a balançar para dentro e para fora de mim.

Eu nunca me senti tão plena, tão completamente possuída como por este homem. Quando eu estava em seus braços, o mundo deixava de existir. Nada importava além dele, ao meu redor e dentro de mim, sua pele áspera deixando cada uma das minhas terminações nervosas à flor da pele, sua boca conquistando a minha e seu corpo me dominando de todas as maneiras que uma mulher poderia desejar.

— Me morda — eu implorei, precisando ser completamente reivindicada.

Ele congelou, o ouro líquido dos seus olhos, escurecidos pelo prazer, pareceu brilhar. Eu me contorci embaixo dele, incitando-o a continuar.

— Você quer se vincular a mim? — ele perguntou, com a esperança e a incerteza fazendo sua voz tremer.

Eu assenti, meu olhar fixo no dele, inabalável — Sim. Eu quero ser sua.

— Quando eu fizer isso, não haverá mais volta, Brianna — ele insistiu, com os olhos brilhando, implorando para que eu tivesse certeza — Tem certeza de que quer isso?

— Sim — eu respondi, assentindo novamente — Eu nunca tive tanta certeza de nada antes — eu acrescentei com total honestidade.

— Minha *Hondassa* — ele sussurrou com reverência, me fazendo sentir adorada — Minha linda companheira. Nada nem ninguém jamais nos separará.

Algo estava acontecendo enquanto sua garganta se movia, e

seus olhos escureceram ainda mais. Ele beijou meus lábios, de boca fechada, e voltou a bombear para dentro e para fora de mim. Depois de alguns instantes, seus lábios finalmente se abriram, e o gosto de caramelo salgado invadiu minha boca enquanto sua língua se entrelaçava com a minha. Mas, diferente de quando eu o chupei, desta vez um formigamento estranho se espalhou pela minha boca, pela garganta e depois por todo o meu corpo.

Em poucos instantes, todos os meus sentidos entraram em ação enquanto uma luxúria nova, mais quente e ardente me invadia. Minha visão se aguçou, minhas mãos e pele sentiram cada detalhe sutil da pele dele, e meus ouvidos captaram o leve raspar de sua carne áspera contra a minha, e até mesmo o som de suas garras se destacando. Como se sentisse a mudança em mim e a fome insaciável me tomando, Alkor acelerou o passo. O amante apaixonado, porém gentil, que eu conheci desde o início se foi.

Ele rosnou, mostrando as presas para mim, suas garras cravando-se em minhas laterais, rasgando a pele. Ele nunca pareceu tão alienígena, tão bestial ou tão selvagem. Em vez de me assustar, outra onda de luxúria e desejo me fez gemer seu nome e me contorcer sob ele. Eu me sentia febril, minha pele superaquecida de certa forma apaziguada por sua temperatura mais fria, enquanto uma fina camada de pedra cobria sua carne. Meu grito de dor quando suas presas afundaram em meu pescoço foi rapidamente seguido por um grito estrangulado de êxtase enquanto uma felicidade líquida se derramava em mim através das feridas perfurantes.

Eu explodi, minhas cordas vocais quase se rompendo de tanto gritar. Implacável, Alkor lambeu minha mordida e rosnou seu prazer em meu ouvido enquanto me penetrava com fúria desenfreada. Com as asas abertas, o ouro derretido de seus olhos brilhando, ele pairava sobre mim como um demônio escapado dos abismos mais sombrios do inferno para reivindicar sua noiva. Até sua cauda chicoteava selvagemente a cama, como se precisasse expelir um excesso avassalador de energia sexual.

Alkor devorou meus lábios novamente, e o mesmo sabor delicioso de caramelo salgado adicionou uma segunda onda de arrepios por todo o meu corpo.

Meus olhos reviraram quando outro orgasmo violento me arrebatou. Eu não sei dizer por quanto tempo ele continuou, ou quantas vezes ele me fez desmoronar. Quando ele finalmente gozou, eu estava me afogando em um mar de êxtase, minha voz completamente embargada de tanto gritar. Agarrando-me com força, suas garras cravando em minha carne, ele rugiu meu nome enquanto sua semente irrompia. Incomumente quente enquanto jorrava dentro de mim, o mesmo formigamento que seu beijo havia provocado em minha boca se manifestou cem vezes mais poderosamente em meu útero antes de se espalhar para o resto do meu corpo, me arrancando um orgasmo supremo.

Completamente destruída, eu estava caída mole na cama, exausta demais para me mover. Me abraçando, Alkor rolou de costas. Segurando-me firmemente contra o peito, ele fechou as asas ao meu redor.

— Nós somos um — Alkor sussurrou, com o coração batendo forte no meu ouvido — Estamos unidos para a vida toda.

Nos três dias que se seguiram, eu não vi nenhuma mudança gritante, seja na minha aparência ou em qualquer outro aspecto. No entanto, os ferimentos perfurantes que as garras e presas de Alkor me causaram sararam completamente em poucas horas, assim como o hematoma causado pelo tapa de Stephen. Alkor se desculpou profusamente por perder o controle e me machucar.

Quando eu disse a ele que esperava que ele me arranhasse daquele jeito de novo, ele quase perdeu o controle. Eu não era masoquista e nunca tinha realmente considerado qualquer tipo de brincadeira pervertida, mas, independentemente do que seus fluidos de acasalamento tivessem feito comigo, suas garras não tinham sido desagradáveis. Quer dizer, sim, houve um pouco de dor quando elas perfuraram minha pele, mas foi uma dor boa. Eu nunca fiquei tão excitada quanto quando ele se transformou em gárgula dentro de mim. Errr, quer dizer, em um Khargal completo. A transformação parcial de sua pele em pedra, em vez de irritar minha pele ao raspar na minha, estimulou minhas terminações nervosas, intensificando cada sensação.

Alkor não podia jurar que nenhuma outra mudança ocorreria com o tempo, especialmente conforme continuássemos a acasalar, com ele liberando sua *dassa*, o fluido de acasalamento produzido pelas glândulas no fundo da boca, perto das amígdalas. Até ele apontar para elas, eu nunca tinha notado que sua fala ficava um pouco arrastada, devido ao inchaço delas sempre que ele ficava com muito tesão. Como eu deixaria a Terra, não me preocupei muito com quaisquer mudanças que pudessem acontecer na minha aparência, contanto que não desanimassem Alkor. Eu adoraria um par de asas, mas dispensaria de bom grado a cauda. Alkor disse que nenhuma das duas coisas era provável. Isso não me impediu de ter esperança.

Mas aqueles três dias não foram só diversão e brincadeiras pervertidas. Se não estivesse treinando para aumentar sua resistência, Alkor passava horas mexendo em seus equipamentos, especialmente em uma caixinha para impedir que o Sindicato das Rosas rastreasse o sigilo e algum outro dispositivo. Depois de ouvir a conversa entre Stephen e Daniel, ele percebeu que eles conseguiam rastrear o sinal emitido pelo sigilo, ou rastrear sua frequência. Nós precisávamos mascará-lo durante a viagem para que não pudessem seguir nosso rastro. Ao mesmo tempo, precisávamos de um sigilo falso para enganá-los e fazê-los pensar que ele ainda estava posicionado no The Darkest Hour.

Graças à um VPN, eu me conectei remotamente ao meu computador de trabalho. Sentada no sofá da Alkor, de pernas cruzadas, com o laptop no colo, eu tentei concluir o máximo possível do meu trabalho para que meus clientes não fossem prejudicados e outro engenheiro pudesse continuar de onde parei sem muita dificuldade. Eu fiquei triste por não conseguir concluir alguns desses projetos, com o The Darkest Hour no topo da lista.

Erguendo a cabeça, eu observei o rosto belamente exótico de Alkor. Suas feições demonstravam uma expressão de profunda concentração enquanto ele mexia em uma versão portátil do dispositivo conversor de energia solar que usava para recarregar seu traje e escudo.

— Então como você sabe fazer toda essa coisa técnica? — eu perguntei — Achei que você fosse um soldado?

Alkor ergueu uma sobrancelha e olhou para mim, com a cabeça ainda inclinada sobre o aparelho — Ser soldado não exclui ter habilidades em áreas científicas, tecnológicas ou artísticas. Eu também sou um ótimo cozinheiro.

Eu pisquei — Você está dizendo que é bom em todas as coisas acima?

Alkor sorriu, endireitou-se e recostou na cadeira de sua mesa de trabalho — Não sou muito fã de ciência, embora meu conhecimento geral provavelmente exceda o da maioria da população não científica e não médica. Como eu não posso simplesmente entrar em um consultório médico, ao longo dos séculos, eu me mantive informado sobre os fundamentos da medicina e da bioquímica para tentar atender às minhas próprias necessidades. Mas com nossa cura natural aprimorada e as maravilhas do *duramna* – sem mencionar as diferentes anatomias – eu dediquei pouco tempo a isso.

Ele olhou para todo o equipamento à sua frente e pegou o sigilo falso que havia criado para enganar o Sindicato, fazendo-os pensar que ele ainda estava dentro do The Darkest Hour muito depois de termos saído com a coisa real.

— Agora, essas coisas, eu gosto. Eu comecei a me interessar

por tecnologia por necessidade e agora por paixão. É emocionante tentar descobrir como eu posso levar a tecnologia primitiva a desempenhar funções mais avançadas que não eram para ela. Esta era torna ainda mais emocionante pelo fato dos humanos finalmente terem computadores, internet e nanotecnologia.

— Então você passou os últimos mil anos caçando cada pedaço de tecnologia que conseguia encontrar? — eu perguntei em tom de provocação, mas na verdade me perguntando como deve ter sido viver todas essas eras e testemunhar a evolução da humanidade.

Alkor riu baixinho.

— De jeito nenhum. Décadas poderiam se passar antes que qualquer nova descoberta tecnológica que valesse a pena ser investigada surgisse — Alkor disse, dando de ombros — Quando se tem tanto tempo livre, você aprende coisas, o que quer que esteja em alta na época. Durante o Renascimento, eu desenhava e esculpia muito. Durante a Era da Navegação, eu tentei superar meu medo de água, mas não deu muito certo. Além disso, barcos são lentos demais quando você pode voar.

— Medo de água? — eu perguntei, surpresa — Mas você me salvou da água.

Alkor assentiu lentamente, franzindo levemente o rosto enquanto relembrava — Sim. Mas eu estava voando. Seu veículo tinha apenas começado a afundar, o que é um processo relativamente lento. Se seu carro já estivesse submerso, eu não poderia ter ajudado. Khargals não sabem nadar. Nós somos muito pesados. Eu... — sua voz falhou, e ele pareceu levemente perturbado — Tenho medo de grandes corpos de água.

Eu fiquei boquiaberta por um momento, o olhar assombrado em seus olhos revelando a profundidade de sua fobia.

— E mesmo assim, você veio por nós — eu disse, ainda mais comovida agora, sabendo do medo que ele teve que superar para nos resgatar.

— Reflexo. É meu dever proteger — Alkor disse, dando de

ombros — Mas naquele momento específico, acho que os instintos entraram em ação, porque ele me lembrou muito o acidente quando meus companheiros e eu estávamos tentando sair da nossa nave espacial que afundava. Eu tinha que ajudar. Eu tinha que salvá-los... que salvá-la.

— Fico feliz que tenha feito isso — eu disse com um sorriso, deixando transparecer tanto minha gratidão quanto o carinho que sentia por ele.

— Eu também, minha Brianna — Alkor disse.

A maneira possessiva com que ele me reivindicou me deu um arrepio agradável.

Acontece que Alkor não era apenas um gênio da tecnologia; ele também falava seis idiomas fluentemente – sem contar os mais de vinte idiomas e dialetos que ele aprendeu ao longo dos séculos, mas que agora praticamente esqueceu por falta de uso. Enquanto o árabe se mostrou fácil para ele em termos de pronúncia, ele havia desistido do chinês, incapaz de reproduzir o tom correto. Alkor costumava tocar piano e uma infinidade de instrumentos de corda, metade dos quais eu nem sabia que existiam. Descobrir que ele teve uma obsessão de cinco anos por tocar harpa me deixou perplexa. Eu não conseguia imaginar meu Khargal de aparência agressiva, musculoso e com chifres afiados, sentado recatadamente atrás de uma harpa.

Através de seus contos de vida ao longo do último milênio, eu percebi que Alkor havia aprendido a amar a Terra e que partiria com muita tristeza, embora eu esperasse que a maior parte dela fosse pela separação de Lana.

Ela herdaria a rede de clubes temáticos da Alkor pelo mundo. Tendo gerenciado a operação desde o início, fazia todo o sentido. Eu fiquei muito feliz com a intenção dela de concluir o trabalho nas catacumbas. Nas duas semanas restantes antes de nossa partida da Terra, eu faria minha mágica e lhe enviaria um rascunho quase final dos planos.

CAPÍTULO 11
ALKOR

Cedo demais, mas não cedo o suficiente, chegou a hora de deixarmos o clube. Nós viajaríamos com pouca bagagem, carregando apenas o mínimo necessário – basicamente as roupas do corpo e uma muda de roupa – e bastante dinheiro, pois cartões de débito ou crédito seriam muito fáceis de rastrear. O Sindicato das Rosas vinha multiplicando suas tentativas de invadir o The Darkest Hour. Durante o horário do restaurante, "clientes" se "perdiam" a caminho do banheiro, apesar de estarem claramente sinalizados, e convenientemente se encontravam perto do elevador ou subindo as escadas para os andares superiores. Durante o horário do clube, a mesma coisa, exceto que alguns de seus agentes tentavam subornar os funcionários para levá-los até o chefão ou persuadir membros VIP a deixá-los entrar em suas cabines para procurar uma maneira de entrar no meu camarote, localizado no mesmo andar. Um deles até fingiu ser um funcionário da Hydro-Quebec, precisando verificar os balcões e painéis elétricos do prédio, incluindo todas as tomadas e sistemas de aquecimento, para garantir que estivessem de acordo com os padrões modernos. Construções antigas eram conhecidas por riscos de incêndio, especialmente agora que a operávamos como um clube.

Mas um dos garçons mais experientes, que foi assaltado a caminho da abertura do restaurante para roubarem sua chave de acesso, nos convenceu de que era hora de ir embora para evitar que a situação piorasse. A missão de resgate só chegaria daqui a duas semanas. Nós esperávamos adiar nossa partida de Montreal por mais uma semana para que eu pudesse continuar treinando e para que estivéssemos em um local seguro. Apesar das várias tentativas, meus aposentos particulares eram quase impossíveis de invadir. Com o ponto de encontro localizado no Canadá, viajar seria muito mais fácil, pois não precisaríamos cruzar nenhuma fronteira com todas as dores de cabeça com a segurança que isso implicaria.

Depois de muita deliberação, nós concordamos em viajar de trem. O ponto de encontro era no Monte Nirvana. Nós reservamos uma viagem só de ida para Toronto e depois uma conexão para Edmonton, Alberta. De lá, voaríamos de hidroavião para os Territórios do Noroeste. A viagem completa levaria cinco dias, incluindo uma noite em Toronto e outra em Edmonton.

Teria sido mais rápido pegar um voo de jato particular de cinco horas direto para o aeroporto de Tungsten. A cidade mineradora, quase abandonada, ficava a poucos passos do Monte Nirvana. No entanto, era preciso permissão prévia para pousar lá. Mesmo que Lana fizesse sua mágica para nos conseguir a autorização, nós suspeitamos que muitos dos outros Khargals também estariam indo para lá. Tantos pedidos especiais ao mesmo tempo levantariam muitos alertas, especialmente considerando que teríamos que esperar as duas semanas restantes lá. Um trânsito mais lento nos manteria em movimento por um período mais longo, em vez de ficarmos parados no mesmo local por muito tempo.

Com o The Darkest Hour sob forte vigilância do Sindicato, nós precisávamos sair furtivamente sem sermos notados. Se usássemos uma das entradas superiores do telhado para voar furtivamente, eles suspeitariam que tínhamos saído pelo simples fato das portas se abrirem e depois fecharem sem ninguém à vista.

Em vez disso, a irmã de Lana, Militza, veio ao clube com o filho de Lana, Tommen. Eu estava descendo as escadas no momento em que ele terminava de cumprimentar Brianna.

— Tio Alkor! — o menino gritou quando me viu.

Tommen correu e se jogou em meus braços. Minha garganta se apertou ao ver a forma amorosa com que ele me abraçou, seu pequeno corpo parecendo do tamanho de um graveto. Sorrindo carinhosamente, eu acariciei os cabelos de Tommen antes de beijar sua testa. A equipe só chegaria dali a uma hora, me poupando de ter que usar meu filtro de percepção.

— Olá, homenzinho — eu disse — Sentiu minha falta?

— Sim! — Tommen disse, balançando a cabeça freneticamente — Mamãe disse que você tem que voltar para o seu planeta. É verdade?

Uma estranha mistura de empolgação e tristeza permeava a voz do menino.

Minha garganta apertou novamente quando eu assenti — Meu povo finalmente recebeu nossa mensagem. Eles estão vindo para nos levar para casa.

— Mas eu deveria cuidar de você quando eu fosse grande! — Tommen disse.

— Tommen — Lana disse em tom de desaprovação.

— Está tudo bem, Lana — eu disse, sorrindo para ela antes de olhar novamente para o filho — Você tem razão. E eu também estava ansioso por isso. Você teria sido o melhor protetor que eu poderia ter esperado.

O menino estufou o peito e me encarou com a mesma adoração que sempre derretia meu coração – o mesmo olhar que meu irmão mais novo, Marek, costumava me lançar. A saudade de rever meu irmão se misturava à tristeza de me separar daquele garotinho adorável.

— Mas minha família também sente minha falta — eu disse suavemente — E eu sinto falta de casa.

— Sim — Tommen disse com uma cara triste — Acho que eu também sentiria falta da minha família. Eu voltarei a te ver?

Eu deixei minha expressão de desculpas dizer tudo. Tommen franziu o rostinho sardento e piscou várias vezes para conter as lágrimas. Meu peito doeu quando eu puxei a cabeça de Tommen para perto do meu pescoço e o abracei com força, beijando o topo de sua cabeça. Enquanto Lana foi uma mãe e irmã para mim, seu filho foi irmãozinho e filho.

Abrindo minhas asas, eu as bati com força, subindo alguns metros. Tommen ofegou e ergueu a cabeça, olhando ao redor com admiração. Eu sorri, feliz por ter afugentado um pouco da sua tristeza. Com um pico de teto de mais de trinta metros, eu tinha bastante espaço para voar. Assim que passamos pelas paredes laterais, eu circulei algumas vezes sobre as cabines VIP na varanda, assim como sobre o meu camarote particular. Tommen gritou de rir, a alegria em sua voz era a música mais doce para os meus ouvidos. Com muita relutância, eu finalmente voei de volta para baixo.

— Eu vou sentir sua falta, tio Alkor — Tommen disse depois que pousamos — Você não vai me esquecer, né?

— Nunca. Eu tenho muitas fotos suas para poder contar todas as suas sardas quando tiver dificuldade para dormir — eu disse, piscando.

— Bobagem! — Tommen disse, rindo — Você nunca vai conseguir contar todas. Vai se confundir e vai ter que começar tudo de novo. Eu sei. Eu tentei.

Todos nós rimos, e eu o abracei uma última vez, memorizando aquele instante.

— Obrigado pelo voo, tio Alkor — Tommen disse.

— Eu prometi te dar um de aniversário. Só chegou um pouco

cedo — eu disse, despenteando o cabelo ruivo bagunçado de Tommen.

O menino sorriu antes de voltar para sua mãe.

— Você tem tudo o que precisa? — Lana perguntou a Brianna, voltando ao papel de mãe.

— Sim, Lana, nós temos — Brianna disse com um sorriso, embora eu pudesse ver a emoção começando a tomar conta dela.

Eu digitei algumas instruções no filtro de percepção no meu pulso e, em seguida, levantei o braço para que a braçadeira de pulso ficasse de frente para Militza. Eu a segurei por alguns segundos. Sem precisar dizer nada à irmã de Lana, ela girou lentamente antes de parar depois de completar uma volta completa. Eu sorri para ela e me aproximei de Brianna. Eu retirei a braçadeira do meu braço e a coloquei no da minha mulher, me certificando de prendê-la corretamente em seu pulso.

— Tudo bem, querida, ative-o — eu disse.

Ela sorriu nervosamente e digitou na interface como eu havia ensinado. O ar tremulou ao redor de Brianna.

— Que legal! — Tommen exclamou, olhando para ela com os olhos arregalados.

Olhando para minha mulher, eu sorri presunçosamente ao ver que suas roupas agora combinavam perfeitamente com as de Militza. Um enxame de sardas cobria o dorso de suas mãos, e sua pele era do mesmo branco cremoso que a dela.

Sim, legal, mas é especialmente assustador que minha mulher agora pareça irmã da Lana.

Brianna foi até o bar para examinar seu reflexo na parede espelhada atrás do balcão. Ela olhava de um lado para o outro, com uma expressão hipnotizada no rosto. Mesmo tendo certeza de que daria certo, eu fiquei extremamente aliviado por podermos adicionar novas opções de disfarce ao filtro de percepção quase que instantaneamente.

— Parece bom — Militza disse com uma piscadela.

Brianna riu baixinho — É mesmo. Eu estou super gostosa.

Militza riu, mas logo se acalmou — Boa sorte para vocês dois e cuide bem do Cabeça Dura para nós — ela disse, me indicando com um gesto de cabeça.

— Eu ouvi isso — eu murmurei.

Ela fez uma careta para mim antes de me puxar para um abraço fraternal. Lágrimas brotaram em meus olhos novamente. Eu era péssimo em despedidas. Eu não era tão próximo de Militza quanto era da irmã dela, mas ela fazia parte da minha família humana adotiva. Ela tinha um bom coração e, assim como Lana, sempre quis o meu bem.

Militza me soltou no momento em que Lana voltou seu olhar maternal para Brianna. Isso pareceu quebrar qualquer resistência que restasse. Minha mulher fungou enquanto algumas lágrimas escorriam por suas bochechas. Lana puxou Brianna para seus braços e a abraçou com força. Ela não disse nada, apenas acariciou os cabelos da minha mulher algumas vezes e depois beijou sua bochecha. Segurando o rosto de Brianna entre as mãos, ela sustentou seu olhar por um momento, deixando seus olhos falarem por ela. Lana então acariciou a bochecha de Brianna antes de soltá-la. A emoção da cena fez minha garganta apertar.

Brianna enxugou as lágrimas com as costas da mão e se abraçou enquanto Lana se virava para mim. Eu nunca me senti tão vulnerável quanto naquele instante. Lana parecia incrivelmente frágil quando a abracei. Ela ficou na ponta dos pés para beijar minha bochecha e depois enterrou o rosto na curva do meu pescoço. Nós nos abraçamos em silêncio por um momento. Ela estremeceu, e eu fechei minhas asas em volta dela, dando-lhe meu calor, minha força e toda a profundidade do afeto que ardia em meu coração por ela. A tristeza me agarrou o coração quando eu beijei o topo de sua cabeça. Eu queria que ela viesse conosco também, mas ela tinha sua própria família aqui e queria uma vida humana normal para seu filho.

Depois que eu a soltei, Lana deu um passo para trás e segurou meu rosto entre as mãos, como fez com Brianna. Ela estudou minhas feições como se quisesse memorizá-las, depois abaixou os braços após uma última carícia.

— Então vão. Vocês não vão querer perder o trem — Lana disse, puxando o filho para perto de si em busca de conforto — Não corra riscos desnecessários, mas se tiver algum jeito seguro de nos avisar que chegou, ficaremos gratos.

— Pode deixar — eu respondi, sem conseguir esconder um pouco do tremor na voz — Adeus, e obrigado por tudo.

Com um último aceno de cabeça, eu retraí minhas asas, peguei minha bolsa de equipamentos e então ativei a camuflagem em minha armadura.

D epois que Alkor desapareceu de vista, eu aceitei de Militza a bolsa que ela havia trazido. Ela continha algumas roupas, artigos de higiene essenciais, muito dinheiro e dois smartphones.

Eu saí com o coração pesado. Saindo da boate primeiro, eu fiquei do lado de fora com Lana segurando a porta escancarada. Enquanto nos despedíamos discretamente, Alkor saiu furtivamente do prédio.

— Vamos — ele sussurrou.

Lana não ouviu, mas eu o ouvi alto e claro. Desde que nos tornamos vinculados, meus sentidos aguçados não diminuíram. A parte mais difícil acabou sendo fingir que eu estava caminhando sozinha em direção à Place Ville-Marie. Eu tinha uma vaga ideia da localização atual de Alkor e, vendo a multidão de pessoas correndo pela calçada a caminho do trabalho, não sabia como ele conseguiria passar por elas sem atropelar alguém, ou sem que esbarrassem nele.

Uma parte de mim desejava que ele tivesse voado, mas com tantos arranha-céus naquela área, ele teria sido forçado a voar muito alto, sem mencionar que isso o faria se mover muito rápido em comparação a mim. No entanto, Alkor ser invisível tinha outra vantagem. Enquanto eu passeava casualmente pela área comercial da Place Ville-Marie a caminho do corredor de conexão para a Estação Central, ele olhou ao redor em busca de possíveis inimigos me seguindo. Assim que descemos a escada rolante que levava a esta nova seção da cidade subterrânea, eu parei na padaria e comprei uma pequena caixa de doces, incluindo uma bomba de chocolate com creme inglês – eu era louca por eles.

Conforme o nosso plano, nós estávamos com bastante antecedência, então eu demorei um pouco, olhando as vitrines de algumas lojas ao longo do caminho até a estação de trem. Satisfeita por não estarmos sendo seguidos, eu comprei duas passagens para Toronto e segui para o portão de embarque. Nós ainda tínhamos trinta minutos para matar. Eu me sentei em um dos bancos, fingindo ler no meu celular. Tecnicamente, eu poderia ler, mas as palavras ficaram borradas na minha frente, minhas costas doendo de tanta tensão.

— *Relaxa, querida. Está tudo bem* — Alkor me mandou uma mensagem do seu celular.

Eu sorri, meu coração se aquecendo por meu homem, que percebeu que eu precisava de segurança.

Depois do que pareceu uma eternidade, o trem finalmente chegou. Eu embarquei, rezando para que Alkor pudesse me seguir sem muita dificuldade. Mas com todas as outras pessoas me pressionando para embarcar também, eu suspeitei que ele esperaria até que quase todos estivessem a bordo para embarcar.

Eu me dirigi à nossa cabine, com as mãos ainda trêmulas e o coração batendo descompassadamente. Até o trem partir e eu me sentar no colo de Alkor, protegida pela segurança das suas asas à minha volta, eu não conseguiria relaxar. Enquanto isso, eu fechei as cortinas para ter privacidade na plataforma. O tempo pareceu passar eternamente antes de eu ouvir uma batida suave à minha porta. Em me levantei com um salto e corri para abri-la. Não havia ninguém do lado de fora, mas uma mão acariciando suavemente o meu peito me fez saltar para trás com um pequeno grito de surpresa. *Sai da frente, idiota! Como ele vai entrar?* Sentindo-me envergonhada pela minha estupidez, eu recuei e senti que ele passou por mim. Lançando um olhar rápido para o corredor para me certificar de que não havia nenhuma testemunha, eu fechei e tranquei a porta da nossa cabine. Eu não tive a chance de me virar antes que os braços de Alkor me envolvessem, me puxando para o seu abraço. Suas mãos e boca estavam por toda parte. Havia algo insanamente excitante e safado em mãos invisíveis me tocando em lugares íntimos.

Não havia muito espaço para se movimentar, mas isso não intimidou Alkor. Minhas roupas voaram de mim em uma velocidade vertiginosa. A parte sensata de mim achou que deveríamos esperar até o trem partir, mas a parte impulsiva – a dominante – não conseguia esperar mais. Alkor praticamente me jogou em uma das duas poltronas acolchoadas antes de me puxar para a beirada.

Agarrando meus tornozelos, ele os colocou sobre seus ombros invisíveis. Segundos depois, a umidade áspera de sua língua começou a trabalhar em meu núcleo, me lambendo, sugando meu clitóris, seus dedos mergulhando dentro de mim até que ele me fez gritar seu nome. Sem saber o quão à prova de som as cabines eram, eu me esforcei para manter minha voz o mais baixa possível. Eu não era de gritar – bem, eu não costumava ser – mas Alkor tinha um jeito de me fazer explodir com vocalizações graves. Logo antes de eu cair da borda, Alkor se afastou de mim.

— Não! — eu gritei, me sentindo enganada. Eu cheguei tão perto!

— De joelhos — rosnou a voz desencarnada de Alkor.

Isso ressoou direto na minha boceta, que pulsava de antecipação. Eu adorava quando ele agia de forma dominante. Impaciente, ele praticamente me virou quando eu aparentemente demorei demais para o seu gosto. Assim que me ajoelhei, eu senti seu pau pressionar contra minha abertura. Segurando-me no encosto para me apoiar, eu gritei quando suas mãos levantaram minhas coxas e ele penetrou. Com meus joelhos já não tocando o sofá, eu segurei firme enquanto ele me penetrava.

Enquanto o prazer me inundava, eu temi que meus braços trêmulos cedessem, e eu caísse de cara no assento da cadeira e acabasse sufocada até a morte pelo orgasmo – não que eu me importasse naquele momento. Mas meu aperto nunca vacilou, me segurando com uma força que eu não me lembrava de ter possuído. Com um rosnado abafado, Alkor liberou sua semente dentro de mim. A leve sensação de queimação seguida pelo formigamento familiar de sua *dassa* me levou ao limite.

Mas Alkor não parou.

Enrolando-me em seus braços, com as costas contra o seu peito, ele me segurou e continuou a me penetrar até que ambos gozássemos novamente. Virando-se, ele se acomodou na cadeira, com o pau ainda enterrado profundamente dentro de mim. Desossada, esparramada sobre ele, eu me deleitei com sua proximidade enquanto ele desativava a camuflagem do traje.

— Você vai me matar — eu sussurrei, minha voz ficando mais rouca por causa da nossa pequena brincadeira.

— Só com prazer, minha *Hondassa*. Só com prazer.

A viagem a Toronto levou bem mais de cinco horas. Alkor aproveitou esse tempo para recarregar tanto a camuflagem do traje quanto o filtro de percepção. Enquanto isso, eu trabalhei um pouco nos planos para o The Darkest Hour. Até então, tudo parecia bem, sem sinais de que estávamos sendo seguidos. Depois de muitas idas e vindas, nós concordamos que eu andaria por aí com minha aparência normal – exceto por uma peruca convenientemente fornecida por Militza – e ele usaria o filtro de percepção.

Assim que terminei de arrumar nossas coisas, eu me virei e encontrei um homem alto e loiro, de olhos azuis penetrantes, encostado na porta da cabine, com um sorriso sedutor nos lábios. Era como se ele fosse o fruto do casamento de Bratt Pitt e Kevin Costner.

— Olá, moça bonita. Estou procurando um encontro. Interessada? Eu tomo banho todos os dias, como de boca fechada e abaixo o assento do vaso sanitário — disse o homem.

Eu dei uma risadinha e dei um tapinha brincalhão no ombro dele — Pare de enrolar, seu idiota! Pegue sua mochila e vamos embora! Eu quero esticar as pernas um pouco e precisamos encontrar um lugar para passar a noite.

— Sim, Senhora — Alkor disse com uma reverência fingida.

Ninguém nos deu trabalho quando desembarcamos do trem e nos misturamos à multidão que se apressava para seus diferentes destinos. Sempre cavalheiro, Alkor carregou nossas malas enquanto procurávamos um motel para passar a noite. Nós encontramos um bom, não muito longe da estação, já que queríamos pegar o primeiro trem da manhã.

Com muita relutância, Alkor concordou em deixar nossos pertences de valor no cofre do quarto. No entanto, ele usava sua armadura e filtro de percepção e insistiu que eu trouxesse todo o nosso dinheiro na bolsa. Por sua vez, ele carregava a pequena caixa amortecedora contendo o sigilo em uma pochete. Eu não podia culpá-lo por ser excessivamente cauteloso, mas uma pochete? Pelo menos, era uma elegante, feita de couro preto. Com as roupas escuras geradas pelo filtro de percepção, ela não chamava muita atenção.

Nós encontramos um lugar agradável para comer dim sum a dez minutos a pé do hotel. Felizmente, não estava muito cheio, mas o suficiente para nos dar a impressão de que a comida seria decente. Nós nos acomodamos em uma mesa no canto mais silencioso do restaurante. A luz fraca proporcionava privacidade adicional e ajudava a esconder qualquer possível problema com o disfarce de Alkor enquanto ele comia.

Eu pedi muitas variações de bolinhos – especialmente bolinhos de sopa – bolinhos de massa e bolinhos de camarão fritos. Alkor tinha uma queda pelos pãezinhos de porco com molho barbecue. Acabou sendo uma noite agradável, com garçons eficientes, mas nada intrusivos.

— Conte-me sobre Duras e sua família — eu disse enquanto exibia minhas habilidades com os hashis e mergulhava um potsticker no molho de soja.

Alkor se divertiu e continuou com o bom e velho garfo e faca.

— Eu tenho três *khers*, ou irmãos, como você diz – uma irmã e dois irmãos — Alkor disse, com o rosto assumindo uma expressão distante — Assim como nossos pais, nós somos todos guerreiros e, portanto, todos nos juntamos ao exército. Os Drayvus fazem parte de uma longa linhagem de guerreiros.

— Vocês todos eram obrigados ou esperavam que se alistassem no exército? — eu perguntei entre duas garfadas.

— Não — Alkor disse, balançando a cabeça — Nós poderíamos ter escolhido uma carreira diferente. Isso teria causado surpresa, mas ninguém teria nos criticado. Isso corre no nosso sangue — ele sorriu com ternura enquanto parecia relembrar um ou mais incidentes específicos — Meus pais administravam nossa casa com precisão e disciplina militar. O fato de termos escolhido seguir esse caminho era, de certa forma, inevitável.

— Mas foi uma infância feliz, certo? — eu perguntei cuidadosamente.

De repente, eu percebi que eu realmente não sabia muito sobre o seu mundo, seu povo, e quão bem-vinda eu seria ou não em meio a eles. Seu sorriso cada vez mais largo aliviou minha ansiedade crescente.

— Foi uma infância muito feliz. Meus pais são maravilhosos.

Eles são rigorosos e disciplinadores, mas o amor deles por nós é inegável. Minha dam não é muito boa em expressar seus sentimentos. Mas meu sire é bem engraçado. É prática comum os pais jogarem seus filhos de um penhasco quando chega a hora deles aprenderem a voar.

Meus olhos se arregalaram e eu congelei no meio da mastigação enquanto esperava pelo resto.

— Como primogênito, eu fiquei apavorado quando chegou a minha vez. Marek, o segundo, estava presenciando minha primeira tentativa de voo. Ele ainda era muito jovem para voar, mas curioso como sempre, ele me seguia por onde eu passava — Alkor sorriu carinhosamente, se lembrando do irmão — Eu costumava chamá-lo de *bansial*, que pode ser traduzido livremente como pegajoso ou cola.

Eu ri e continuei mastigando enquanto tentava imaginar uma versão minúscula de Alkor e uma versão ainda menor, quase gêmea, o seguindo implacavelmente.

— Eu não queria que ele me visse fazendo papel de bobo — Alkor disse, ficando sério —Marek me considerava seu herói. Ele acreditava que seu irmão mais velho era o jovem Khargal mais forte de toda Duras. Ele jurou que cresceria e seria igual a mim.

Alkor engoliu em seco, tomado por uma onda de emoção. Eu coloquei minha mão sobre a dele e a apertei delicadamente.

— Você sente falta dele — eu disse suavemente.

Ele virou a mão para segurar a minha e também a apertou antes que seu polegar acariciasse meus dedos.

— Sim — ele disse com um aceno de cabeça — Nós éramos extremamente próximos. Meu pequeno *bansial*. Quando eu hesitei demais em pular – apenas onze segundos depois que ela me disse para fazê-lo – mamãe me empurrou da borda com a sola do pé.

Eu engasguei com o gole de chá que estava tomando. Largando a xícara, eu soltei minha mão direita e pressionei um guardanapo contra os lábios com as duas mãos, tossindo até expelir os pulmões. O olhar inicialmente preocupado de Alkor se transformou em divertimento quando ele se certificou de que eu estava bem.

— Ela fez o quê? — eu resmunguei entre duas tosses.

Alkor riu baixinho — Ela me chutou da borda. É uma prática comum — ele acrescentou, dando de ombros diante da minha expressão indignada — Mas não se preocupe, ela e meu pai pularam atrás de mim para me pegarem caso eu parecesse em perigo de me envergonhar e não conseguisse voar. Acredite, *Hondassa*, quando o chão vem em sua direção em uma velocidade vertiginosa, você abre as asas e as bate com força.

Embora ainda traumatizada pela mãe dele, eu comecei a rir

— Então você voou? — eu perguntei.

Ele recuou, com uma expressão ofendida no rosto — Claro que sim — ele exclamou, como se a resposta fosse óbvia.

Isso me fez rir ainda mais.

— E assim, sua reputação de heroico irmão mais velho permaneceu intacta — eu disse, provocando.

Ele hesitou, um olhar estranho cruzando seu rosto.

— O quê? Aconteceu alguma coisa? — eu perguntei, semicerrando os olhos.

Alkor se remexeu desconfortavelmente na cadeira e franziu o rosto. Como eu queria que ele não estivesse usando aquele disfarce agora para que eu pudesse ver a extensão do desconforto em suas verdadeiras feições.

— Eu fiquei um pouco… convencido, como vocês, humanos, dizem.

Meus olhos se arregalaram de curiosidade.

— Ah, isso deve ser bom! Conte — eu disse, me inclinando para a frente, um sorriso já se formando em meus lábios, antecipando sua confissão.

— Eu me estabilizei mais ou menos na metade do desfiladeiro de onde minha mãe tinha me empurrado — Alkor disse —

Eu voltei voando, o que, para os meus músculos inexperientes das asas, tinha sido extremamente desafiador. Quando eu vi o *ban...* Marek me aplaudindo do chão, eu tive uma vontade absurda de me exibir. Papai me mandou pousar, mas como mamãe não tinha pousado, eu continuei, circulando em volta do meu irmãozinho enquanto ele gritava meu nome. Minha exaustão não me atingiu aos poucos, eu simplesmente passei de rei do céu a um naufrágio em queda livre.

Eu coloquei a mão na boca.

— Eu caí com tanta força — Alkor disse, estremecendo com a lembrança e balançando a cabeça — Papai teve que me arrastar do chão, enquanto mamãe ria à beça.

— Meu Deus! — eu disse, imaginando que tipo de mulher louca o tinha dado à luz.

— Não a julgue com tanta severidade — Alkor disse com um sorriso — Duras é um mundo cruel. As crianças precisam aprender a ser fortes desde cedo. Ela sabia que eu não sofreria ferimentos graves com a queda, mas também sabia que seria inevitável. Mamãe disse que eu era realmente filho do meu pai, um típico exibicionista. Alguns membros quebrados me ajudariam a me endireitar. E ela estava certa.

— Você quebrava os membros com frequência? — eu perguntei, mergulhando um bolinho de sopa no molho.

— O tempo todo — Alkor disse antes de rir alto de si mesmo — Veja bem, cair naquele primeiro dia só aumentou meu prestígio com meu irmão. Eu não só voei sozinho, como sobrevivi a um acidente fatal com uma simples fratura e alguns hematomas. Claramente, eu era invencível. Até mesmo divino.

— Meu Deus! — eu disse, balançando a cabeça — Mal posso esperar para conhecê-lo. Seu irmão parece ser divertido.

— É sim — Alkor disse, sorrindo carinhosamente — Você também vai gostar do Galtan e da Sheira. Ela é a mais nova, mas adora nos intimidar.

— Meu tipo de garota — eu disse.

Ele riu baixinho — Aposto que sim.

Eu fiquei séria e franzi a testa levemente — Mas eles ficarão felizes em me ver? — eu perguntei, hesitante.

Alkor recuou um pouco e me encarou surpreso — Claro — ele disse como se fosse óbvio — Você é minha *Hondassa*, minha companheira de ligação. Alguns do meu povo vivem 3000 anos e morrem sem nunca encontrar sua alma gêmea. Minha família se alegrará por *Lar* ter me abençoado, permitindo que eu a encontrasse.

Ele pegou minhas duas mãos nas suas e as apertou de forma tranquilizadora.

— Duras não é perfeito. A água é escassa e isso pode ser um desafio para comida ou certos confortos. Ver tanta vegetação – como vocês têm aqui na Terra – é alucinante, um verdadeiro luxo no meu mundo natal. Mas nosso povo acolhe estrangeiros. Muitas espécies alienígenas visitam nosso mundo, algumas optando por se estabelecer lá, seja por seu parceiro, por sua profissão ou simplesmente porque lhes agrada. Você não será rejeitada por não ser Durassiana.

— Então eu te mantenho feliz, e estamos todos bem? — eu disse, tentando esconder meu alívio com um humor sem graça.

— Parece que sim — ele disse, piscando para mim.

— Eu posso lidar com isso.

— Ótimo. Pronta? — ele perguntou, apontando com o queixo para o meu prato vazio.

— Sim — eu disse, esfregando minha barriga saliente enquanto lançava um olhar triste para o punhado de bolinhos ainda no vaporizador de bambu.

Ele acenou para o garçom, que prontamente se aproximou de nós. Depois de pagarmos a conta, nós deixamos uma gorjeta generosa na mesa.

— Venha, seu poço sem fundo — Alkor disse. Levantando-se, ele pegou minha mão e me levou atrás dele para fora do restaurante.

Satisfeitos com a noite agradavelmente fresca, nós passeamos pelas ruas, com o braço dele em volta dos meus ombros, o meu em volta da sua cintura, como dois amantes sem nenhuma preocupação no mundo. Isso era, claro, uma ilusão, mas uma que eu pretendia aproveitar enquanto durasse.

CAPÍTULO 13
ALKOR

Depois de muita discussão – parecíamos estar fazendo isso com frequência ultimamente -Brianna e eu concordamos em ligar para Militza com um dos smartphones que ela nos deu para avisar a ela e à Lana que estava tudo bem, pouco antes de embarcarmos no trem para Edmonton. Sem nenhum sinal de perseguição nem de qualquer indivíduo suspeito à espreita, nós estávamos confiantes de que havíamos enganado nossos inimigos. Apesar da ligação ter sido bastante breve, Militza confirmou que o Sindicato das Rosas não havia desistido de seus esforços para invadir a boate.

Eu fiquei muito perturbado em deixá-las nessa posição vulnerável. No entanto, agora que eu estava fora, as duas irmãs pretendiam registrar uma queixa na polícia sobre estranhos aleatórios aparentemente com a intenção de invadir. Elas não queriam ligar para eles enquanto eu ainda estava na boate para evitar perguntas difíceis ou que me vigiassem demais. Mas agora, elas esperavam ganhar maior vigilância policial no The Darkest Hour, tornando as coisas mais desafiadoras para os agentes do Sindicato.

Enquanto o trem avançava sobre os trilhos, eu dediquei

grande parte do meu tempo a ajustar minha armadura e escudo e a tentar aprimorar o filtro de percepção. Enquanto isso, minha companheira se sentou sob a cúpula do trem, apreciando a vista da paisagem enquanto trabalhava nos planos para o The Darkest Hour. Sua determinação em levar aquilo até o fim me deixou perplexo, mas também aliviou parte da minha culpa por passar tanto tempo treinando, trancados em nossa cabine para dois – não que ela reclamasse.

Minha linda *Hondassa*...

Eu ainda não conseguia acreditar que éramos acasalados. Mas, por mais que isso aquecesse meu coração, uma parte de mim se perguntava se ela realmente havia pensado nisso e se se arrependeria mais tarde. Brianna ainda sofria com a sensação de abandono por parte dos pais. Ao contrário do pai, a mãe não havia escolhido deixá-la, mas, mesmo assim, na morte, ela o fez.

Nos anos desde que ela reapareceu na minha vida, tentando me conhecer, eu passei um tempo a investigando. Ela se fechava para a maioria das pessoas, nunca dando uma chance real aos seus relacionamentos. Segundo Brianna, a maioria dos homens com quem ela namorou não lhe pareceu muito honesta em sua disposição de se comprometer com um relacionamento sério. Eu não acreditava que todos aqueles homens realmente tivessem falhado nesse aspecto. O medo de Brianna de ser abandonada a levou a abandoná-los primeiro no momento em que se sentiu em terreno instável.

Me assustava pensar que ela tinha se entregado tão completamente a mim só porque eu tinha salvado a vida dela, criando assim um vínculo único e inquebrável entre nós. Eu queria que minha companheira me quisesse, me amasse por quem eu era, não pela sensação de segurança e estabilidade que eu podia proporcionar. Mas talvez eu estivesse interpretando isso mais do que deveria. Talvez Brianna tivesse se apaixonado tanto por mim quanto eu por ela.

Se ela mudasse de ideia no último minuto, isso me arrasaria.

Pensamentos terríveis de arrastá-la para bordo, aos chutes e gritos, passaram pela minha cabeça. Uma vez no espaço, não haveria mais volta para ela. No entanto, não era assim que eu queria construir as bases da nossa vida juntos. Não era o jeito Khargal. A ideia de tomar uma mulher contra a vontade dela me arrepiava e fazia meu estômago embrulhar. Mas meu coração doía e minhas entranhas se retorciam diante da perspectiva de uma vida sem ela.

Eu poderia ficar na Terra para ficar com ela.

Será que eu conseguiria? Se chegasse a esse ponto, eu perderia minha única chance de voltar para casa e me reunir com minha família depois de mil anos de espera? E quanto ao meu Juramento de Guerreiro? Eu tinha que me apresentar para o serviço. E se a guerra continuasse em Duras, eu tinha a honra de voltar para casa e lutar pelo meu povo. Virando-me para olhar pela janela da cabana, meu olhar percorreu a paisagem de tirar o fôlego lá fora, tantas árvores, arbustos, flores e grama. Duras não ofereceria exteriores tão exuberantes. A Terra jamais substituiria meu mundo natal em meu coração, mas eu não podia negar que a amava ao longo do milênio que ela me ofereceu abrigo.

Pare de se torturar e de criar problemas.

Eu sorri ao me ouvir dizer as palavras de Lana para mim mesmo. Eu tinha uma propensão a me preocupar com coisas fora do meu controle ou que não podiam ser evitadas. Por um piscar de olhos, eu considerei maneiras dissimuladas de garantir que Brianna não recuasse, como avisá-la de que sua longa vida, cura acelerada e força aumentada desapareceriam, e ela voltaria a ser uma humana normal sem doses regulares da minha *dassa*. Embora fosse verdade, eu imediatamente me senti envergonhado por ter sequer cogitado essa possibilidade. Eu não a chantagearia para ser minha companheira de vida.

Se ela não escolhesse partir comigo, eu renunciaria à minha comissão militar e permaneceria na Terra.

Mas para garantir que não chegasse a esse ponto, eu encerrei meu treinamento e entrei no chuveiro. Nos doze dias que faltavam para o resgate, eu pretendia cortejá-la como nenhuma mulher jamais havia sido cortejada antes.

Lembrando-me de algumas das histórias de Lana sobre noites românticas com o marido, eu aproveitei bastante os "momentos de carinho" com minha parceira – como Brianna sempre os chamava. Ela gostava de assistir filmes juntos, nós dois nus, com minhas asas nos envolvendo. Apesar da aspereza das minhas palmas, minha mulher adorava as massagens diárias de corpo inteiro que eu lhe dava. Mas o que ela mais gostava era de se aconchegar na cama comigo enquanto eu contava histórias da minha juventude em Duras. Embora ainda a temesse, Brianna estava se afeiçoando à minha mãe, a chamando de "uma mulher incrível".

Ela não poderia ter sido mais precisa.

Para ser justo, meu pai não era moleza. Como um macho alfa confiante, ele nunca se sentiu ameaçado pela força da minha mãe, contentando-se em deixá-la exercer sua autoridade, a qual ela nunca tentou impor a ele. Mamãe amaria Brianna e a adotaria como uma segunda filha, o que eu sabia que ajudaria a preencher um vazio no coração da minha *Hondassa*.

E se *Lar* quiser, ela não mudará de ideia.

Nós não desembarcamos durante as poucas paradas para as pessoas esticarem as pernas, em grande parte para evitar nos expor a potenciais olhares curiosos. Cedo demais, o trem parou na estação de Edmonton. Confiante de que não estávamos sendo rastreados e para poupar a camuflagem do meu traje, eu usei o filtro de percepção e Brianna permaneceu como ela mesma.

No minuto em que descemos do trem, eu percebi nosso erro.

Eu senti seu olhar fixo antes que nossos olhos se encontrassem. Fazia vinte anos que eu não via os cabelos negros e os olhos cinzentos desbotados daquele agente, algumas semanas depois de voltar de quarenta e quatro anos de *duramna* profunda. Como sempre que eu saía da hibernação, tentei entrar em contato com a maioria dos meus irmãos Khargal. Eu descobri que Tas estava preso em algum lugar de Londres. Meus esforços para localizá-lo quase me levaram à captura por um demônio implacável chamado Agente Tulipa. Por alguma razão tola, todos os agentes daquela divisão haviam adotado nomes de flores ou plantas.

Mas não havia nada de bonito ou delicado naquele demônio específico. O que, em nome de *Lar*, ele estava fazendo deste lado do oceano, e logo ali?

Tas deve ter escapado.

Ou então ele estava atrás de outro dos meus irmãos que poderia estar passando por Edmonton também, a caminho do ponto de encontro.

Eu desviei o olhar como faria ao dispensar um estranho cujo olhar havia cruzado. Mas eu permaneci alerta, procurando discretamente por seu reforço. Ele não teria reconhecido meu disfarce humano. No entanto, Stephen sem dúvida havia enviado fotos de Brianna para seus acólitos. Ao me ver ao lado dela, imponente com meus 1,90 m de altura, ele naturalmente tiraria conclusões sobre minha verdadeira identidade.

Pelo canto do olho, eu vi Tulipa caminhar despreocupadamente na mesma direção em que íamos, enquanto ligava para alguém no celular. Obrigando-me a andar em um ritmo normal, eu evitei alertar Brianna enquanto permanecíamos em seu campo de visão. Eu poderia ter sussurrado para ela em um tom quase inaudível para ouvidos humanos, e ela teria me ouvido alto e claro graças ao aprimoramento fornecido pela minha *dassa*. Temendo que sua expressão de choque, surpresa ou medo pudesse revelar que estávamos cientes deles, eu esperei até entrarmos no prédio.

— Mantenha uma expressão neutra — eu sussurrei assim que passamos pelas portas. Para meu alívio, Brianna enrijeceu-se, mas seu rosto não revelou nenhuma de suas emoções — Um agente está nos seguindo. Ele deve ter reconhecido seu rosto.

Precisamos encontrar um lugar para você colocar o filtro e para eu ficar furtivo.

Com tanta gente saindo do trem, muitos iam direto para os banheiros ou para as lojas de souvenirs. Levando Brianna pela mão, eu me dirigi a um canto da sala onde o fluxo de pessoas formava uma parede viva. Concentrados demais em seu destino, ninguém prestou atenção enquanto eu me agachava, fingindo amarrar os sapatos. Brianna me escondeu ainda mais, ficando à minha frente. Eu ativei a camuflagem da minha armadura e removi a braçadeira do filtro de percepção antes de colocá-la no braço da minha mulher.

Sair dali sem esbarrar em ninguém seria difícil, mas com a multidão já se apertando na ânsia de ir embora, isso não deveria levantar suspeitas. Brianna abriu caminho pela multidão com impressionante destreza a caminho do banheiro, mas não entrou. Ela virou no corredor à esquerda e continuou até um canto recuado com máquinas de autoatendimento, desaparecendo de vista.

Eu olhei por cima do ombro e vi Tulipa tentando passar pelo mar de humanos que o impedia de chegar até minha mulher. Ele não conseguia vê-la de onde estava, nem para onde ela tinha ido depois de virar a esquina. Olhando para trás, na direção dela, um sorriso surgiu em meu rosto ao observar uma senhora mais velha, charmosamente enrugada, com calças pretas elásticas e um casaco vermelho com uma enorme folha de bordo – minha mais recente adição à biblioteca de disfarces – sair do pequeno recanto.

Caminhando com determinação, Brianna seguiu em direção à saída e ao ponto de táxi. Conforme o combinado, ela simplesmente pegaria um táxi e iria direto para o hotel pretendido – se não estivesse sendo seguida – ou para um shopping onde nos encontraríamos novamente. Eu a seguiria em voo furtivo.

Cada vez mais frenético, Tulipa tornou-se um pouco mais brutal, abrindo caminho entre as pessoas, o que lhe rendeu algumas broncas, que ele ignorou. Uma bela mulher loira, vestida com um macacão de motociclista preto de couro, se aproximou dele. Ele apontou com a cabeça em direção ao banheiro, a irritação evidente em seu rosto. Eu memorizei o rosto dela enquanto ela corria para o banheiro, furando a fila das outras mulheres.

Sem querer demorar mais do que o necessário, eu me esgueirei pelo enxame, segurando a bolsa de Brianna e a minha acima da cabeça para evitar que atingissem alguém. Felizmente, elas pesavam quase nada para mim.

Assim que passei pelas portas automáticas da estação, eu invoquei minhas asas, corri alguns passos e alcei voo assim que era seguro. Eu aterrissei pouco mais de duzentos metros depois, perto do ponto de táxi onde Brianna estava na fila. Enviar uma mensagem de texto com duas malas na mão acabou sendo um desafio, mas jogá-las no chão as tornaria visíveis. Diminuindo a distância entre nós, eu rocei em seu braço. Ela se enrijeceu levemente, surpresa.

— Seguro — eu sussurrei naquele tom quase inaudível.

Um sorriso discreto floresceu em seus lábios, confirmando que ela tinha me ouvido. Eu fiquei por perto, fora do caminho das pessoas, até que ela entrou no táxi e seguiu para o motel. Uma última olhada para a estação revelou a dupla de agentes do Sindicato das Rosas furiosos na entrada, com as cabeças se movendo de um lado para o outro, procurando por nós em vão.

Resistindo à vontade de eliminar a ameaça, eu voei novamente e segui o veículo que levava minha companheira para um lugar seguro.

— **D**e agora em diante, você deve continuar usando o filtro de percepção enquanto viajamos — eu disse a Brianna, enquanto a deitava de conchinha na cama do motel.

— Mas ele vai se esgotar muito rápido, assim como sua armadura — ela argumentou.

Eu sorri e acariciei seu pescoço.

— Eles vão durar mais do que você imagina — eu disse gentilmente — Eu só sou cauteloso demais quando se trata de usá-los. Mas eles podem durar algumas horas. Eu tenho um carregador portátil para você recarregar durante o voo para Virginia Falls. Não é tão eficaz, mas deve ajudar a prevenir um desastre.

— Meu voo? — ela perguntou, olhando para mim por cima do ombro com uma expressão chocada.

— Sim — eu disse, concordando — Eu vou voar ao lado do avião. É mais seguro que não sejamos vistos juntos. Minha altura chama muita atenção — eu acrescentei rapidamente quando ela abriu a boca para argumentar — Agora que o Sindicato das Rosas foi alertado da nossa presença em Edmonton, eles vão vigiar cada estação de trem, ponto de ônibus e aeroporto. Eles conhecem seu rosto, e uma peruca só te leva até certo ponto. Mesmo que você usasse uma burca, se eles virem um homem da minha altura com uma mulher da sua, vão saber na hora.

Brianna se virou para mim, com uma expressão preocupada — Você vai ficar exausto.

Eu ri — Não, meu amor. Eu consigo voar por horas, por uma distância muito longa, sem me cansar. Carregar outra pessoa é um pouco mais desafiador, mas você é tão leve que eu mal sinto. O verdadeiro problema é voar com pele de pedra. Isso pesa muito e retarda meus movimentos. Isso me esgota rapidinho. É por isso que eu estava tão empolgado em treinar ultimamente. Tudo vai ficar bem — eu afastei o cabelo dela do rosto e acariciei seus lábios com os nós dos dedos — Tem algum jeito de você falar com uma voz mais grave e máscula?

— Você quer que eu use um disfarce de homem? — Brianna perguntou, surpresa.

Eu concordei — Isso vai chamar muito menos atenção para

você. Os agentes vão procurar uma mulher com a sua altura aproximada. Eles estão cientes do filtro de percepção, mas não conseguem ver através dele... ainda. Se você aparecer como um homem de vinte e poucos ou sessenta e tantos anos, é menos provável que eles prestem muita atenção em você.

— Hmm, boa observação — Brianna disse, franzindo a testa levemente — O que você acha? É másculo o suficiente?

A ardência das minhas presas cravando na língua me impediu de cair na gargalhada. Ninguém, nem em mil anos, acreditaria que ela fosse um homem, mesmo fingindo que era um homem castrado antes de atingir a puberdade.

— Foi um esforço valente — eu disse cautelosamente, temendo uma crise de riso no instante em que comecei a falar.

— Isso significa que eu estou fodida — Brianna disse com um beicinho adorável e ombros caídos.

— Não, não — eu disse, dando uma mordidinha no lábio inferior dela — Mas quando você faz isso, faz magnificamente.

Ela piscou, sem entender a princípio, e então engasgou, parecendo chocada e divertida ao mesmo tempo, enquanto me dava um tapa amigável no braço.

— Seu pervertido! — ela murmurou.

— Dificilmente. Estou apenas dando crédito a quem merece — eu provoquei, embora me culpando por lembrar como a boca da minha companheira em volta do meu pau sempre me levava à beira da insanidade. Um dia, ela me mataria de prazer.

— Seja como for — Brianna murmurou com um adorável rubor avermelhando suas bochechas — isso não muda o fato de que minha voz masculina é patética.

— Você é muito dura consigo mesma, *Hondassa* — eu disse, acariciando seu pescoço com as costas da mão — Não é patético. Mas você é a personificação da feminilidade em toda a sua graça, elegância e força. Não faria sentido você ter uma voz máscula.

— Seu bajulador malvado — ela disse, falhando miseravel-mente em soar severa — Eu não te mereço.

A emoção em sua voz fez meu coração doer com a força dos sentimentos que floresciam dentro de mim por minha mulher.

— Eu não te mereço — ela sussurrou novamente antes de me beijar.

Eu respondi da mesma forma, nossas línguas se misturando. Foi um beijo cheio de afeto, ternura e algo especial que eu não conseguia descrever, desprovido de qualquer luxúria que havia surgido momentos antes.

— Você me merece muito, minha companheira — eu sussurrei contra seus lábios — Eu esperei séculos para te encontrar. Eu agradeço a *Lar* todos os dias por te trazer até mim e nos dar a chance de ficarmos juntos, contra todas as probabilidades.

A boca de Brianna se moveu enquanto ela parecia hesitar em pronunciar as palavras que claramente queimavam em sua língua. Eu não precisava ouvi-las. Eu não queria ouvi-las até que ela estivesse pronta e certa. Os olhos da minha mulher me disseram tudo o que eu precisava saber.

— Durma, minha *Hondassa*. Amanhã, vamos comprar as ferramentas necessárias para fazer um modulador de voz para você.

Ela arregalou os olhos — Você consegue fazer um?

— Claro — eu respondi com falsa indignação — Eu sou um alienígena com conhecimento avançado. Posso fazer qualquer coisa!

Ela riu e me deu outro tapinha amigável — Seu bobo.

— Só para você, Brianna. Só para você.

Ela sorriu e se aninhou em mim. Eu a abracei até ela cair em um sono profundo e então saí da cama. Sendo uma criatura de hábitos, eu ansiava por meu poleiro, mas me acomodei no chão antes de entrar em *duramna*. Eu não precisava disso de verdade, mas preferi ser extremamente cauteloso, me mantendo total-mente descansado e curado o tempo todo.

Na manhã seguinte, os dedos delicados de Brianna provocando meus mamilos me tiraram do sono. Eu tinha consciência de que estava acordando, mas permaneci naquele lugar nebuloso entre o mundo dos sonhos e a vigília. Eu tentei permanecer estoico sob seu toque, mas meu pau mais uma vez me traiu.

Saindo do *duramna*, eu a joguei na cama e mostrei a ela o que acontecia quando uma mulher irresistível despertava um Khargal adormecido – não que ela reclamasse.

Nós tomamos um café da manhã rápido no refeitório do motel e combinamos que eu sairia sozinho para comprar as peças necessárias para o modulador de voz dela. Brianna ficaria trancada no nosso quarto e não abriria para ninguém. Se estivéssemos em Duras, eu simplesmente a teria feito beber um pouco de suco de *tamsiak*, o que a faria soar como um homem por algumas horas.

Ela usou o pretexto de ir buscar gelo na máquina de gelo, permitindo que eu saísse do quarto furtivamente. Demorou um pouco mais na entrada para que alguém finalmente saísse, para que eu pudesse segui-lo. Antes de sair, eu fiz um voo de reconhecimento pelo perímetro do motel para garantir que nenhum veículo ou indivíduo suspeito estivesse de olho no local.

Embora tenha ficado tranquilo por não conseguir encontrar ninguém, eu fiquei estressado durante os noventa minutos que levei para voar até a loja de eletrônicos mais próxima, encontrar as peças ou itens que eu pudesse extrair, comprar uma nova mala de viagem para Brianna e retornar ao motel.

Eu precisei de toda a minha força de vontade, ao entrar novamente no quarto, para não puxar minha companheira com força. Eu não podia deixá-la perceber o quanto eu estava preocupado. Ela confiava na minha força e confiança para superar essa provação. Me ver tão exausto minaria sua fé em mim e não a ajudaria a ter paz de espírito.

Eu levei um dia inteiro para montar o modulador de voz. Não foi o sucesso espetacular que eu esperava. Eu só conseguia ir até certo ponto com as peças que tinha. Embora tenha modificado a voz dela, ela tinha que falar um pouco baixinho para que funcionasse razoavelmente bem, fazendo-a soar como alguém que abusou de álcool e cigarros.

Nós passamos o dia seguinte fazendo-a praticar o uso do brinquedo, andar e agir como um homem. A parte mais difícil para ela era não se sentar como uma dama, com os joelhos juntos e os pés levemente para os lados. Eu a lembrava de fingir que tinha uma toranja presa na virilha. Isso a fez rir até que eu finalmente enchi sua virilha com um bichinho de pelúcia em forma de cenoura para dar a impressão de que ela tinha um pau.

Brianna não achou graça.

O atraso acabou sendo benéfico. Enquanto minha companheira treinava suas habilidades masculinas, eu fiz ajustes adicionais na minha armadura para aumentar o tempo de voo em modo furtivo. Mas esses dias também fizeram com que nosso rastro esfriasse. Os agentes que estavam acampados nos principais pontos de transporte deviam estar pensando que já tínhamos seguido em frente há muito tempo.

Ou assim eu esperava.

CAPÍTULO 14

BRIANNA

E u andei de um lado para o outro, tentando criar coragem para ligar para o meu pai. Assim que saíssemos do motel, nós praticamente deixaríamos a civilização. Não havia garantias de que os telefones que Militza havia fornecido ainda funcionassem quando chegássemos à cabana onde ficaríamos pelos sete dias restantes até a chegada da nave de resgate. Alkor se ofereceu para me dar um pouco de privacidade enquanto eu conversava com meu pai, mas eu pedi que ele ficasse. Uma parte de mim precisava da força dele perto de mim. A outra parte temia que ele ficasse decepcionado ao me ver desmoronar e me transformar em um completo desastre emocional.

Eu já tinha discado o número três vezes e desligado em vez de apertar o botão de chamada. Eu não era mais criança. Não mais. Eu conseguia fazer isso. Eu precisava fazer isso. Eu respirei fundo e meus olhos se encontraram com os de Alkor. Ele sorriu, encorajador, e assentiu. Eu engoli em seco, disquei o número e apertei o botão de chamada com os dedos trêmulos. Meu estômago se contraía um pouco mais a cada toque, temendo e torcendo para que ele não atendesse.

No quarto toque, ele atendeu.

— Alô? — respondeu meu pai, sua curiosidade por não reconhecer o número era evidente.

Desde a morte da minha mãe, o círculo de amigos do meu pai havia diminuído consideravelmente, à medida que ele se isolava cada vez mais. Assim que ele conheceu Merryl, ela se tornou o centro do seu universo, e o círculo de amigos dela, também limitado, passou a ser o dele.

— Oi, pai — eu disse, agradavelmente surpresa com o quão estável minha voz soou.

— Filha! — meu pai exclamou, visivelmente atordoado — Eu não reconheci o número. O que houve?

Imediatamente eu senti uma onda de amargura me invadir.

— Tem que haver algo errado para uma filha ligar para o pai? — eu perguntei com um tom um pouco mais áspero do que pretendia.

— Não, claro que não — ele respondeu na defensiva — É incomum você ligar por impulso. Só fiquei preocupado. Então... Como você está?

Eu mordi o lábio inferior. Não era assim que eu planejava começar a conversa.

— Estou bem. Muito bem — eu disse com a voz mais gentil que consegui — Eu... Tem muita coisa acontecendo na minha vida agora. Coisas maravilhosas.

— Ah? — meu pai disse, embora parecesse mais educado do que realmente interessado.

— Como você deve se lembrar, eu conheci alguém.

— Sim, sim. Isso é muito bom — ele disse com o mesmo tom distraído.

— Muito bom — eu repeti, a amargura voltando à minha voz — Sabe, a maioria dos pais já estaria me interrogando. Qual é o nome dele? O que ele faz da vida? Qual é a religião dele? Quem são os pais dele? O que eles fazem? Onde ele mora? Onde você o conheceu? Sabe, aquelas coisas com que os pais se preocupam quando se importam com a filha.

— Ei, mocinha! Cuidado com o que diz! Eu te criei melhor do que isso! — meu pai exclamou.

Algo dentro de mim estalou.

— Não, pai, você não me criou melhor do que isso. Aliás, você nem me criou porque estava ocupado demais me punindo por parecer demais com a mamãe! — eu gritei — Eu a perdi também! Eu perdi vocês dois naquele dia. Você poderia muito bem ter morrido também, pois não faria diferença!

Eu tapei a boca com a mão, chocada com as palavras venenosas – mas verdadeiras – que saíram da minha boca. Um silêncio pesado me respondeu, o som da minha própria respiração rugindo em meus ouvidos. Com o coração disparado, eu esperei que meu pai dissesse alguma coisa, qualquer coisa, mesmo que fosse para gritar comigo.

— Me desculpe. Eu não devia ter dito isso — eu gaguejei quando o silêncio se prolongou — Pai? Pai? Por favor, diz alguma coisa? Eu não quis dizer isso.

— Sim, você quis — ele finalmente respondeu com a voz cansada — E você tem razão. Eu não aguentava mais olhar para você. Doía demais. Eu ainda não consigo.

Meu coração quase se despedaçou dentro do peito e lágrimas brotaram dos meus olhos. Sem dizer uma palavra, Alkor se aproximou de mim e me abraçou pela cintura. Tremendo, eu me recostei em seu peito forte, precisando de cada gota de sua força.

— Eu falhei com você como pai, Brianna — meu pai disse, com a voz trêmula de lágrimas reprimidas — mas nunca foi sua culpa. Sempre foi minha. Sua mãe era tudo para mim. Já se passaram vinte anos, mas ainda dói tanto quanto naquele dia. Sarah sempre foi a forte, e você também.

Minha garganta se apertou a ponto de eu mal conseguir respirar. Em todos esses anos, meu pai só me mostrou uma fachada educadamente fria e distante, nunca esse homem profundamente emotivo, ferido e destruído.

— Eu nunca quis te machucar, Brianna. Você é e sempre será minha filhinha. Eu te amo. Sempre te amarei. Mas eu te machuquei mais ficando perto do que longe de você. Não por causa de algo que você fez, mas porque eu sou fraco — meu pai respirou fundo, trêmulo, quando me ouviu fungar pelo telefone — Não chore, filhinha. Por favor, não chore. Eu não te perguntei sobre o seu namorado porque me envergonho de ter falhado com você, porque eu penso em você caminhando até o altar e em como você ficaria angelical, exatamente como a Sarah e... e...

Ouvir meu pai chorar ao telefone me partiu o coração. Em todos aqueles anos, ressentida por ele ter me abandonado, eu nunca havia percebido o quanto a morte da minha mãe havia devastado meu pai, até hoje. Eu havia passado tanto tempo ressentida com Merryl por roubar seu afeto de mim e por se esforçar tanto para apagar a lembrança que ele tinha da minha mãe. Agora, eu realmente sentia pena dela. Como deve ser horrível ser casada com alguém que você ama – e eu nunca duvidei do amor de Merryl pelo meu pai – sabendo que seu coração sempre pertenceria a outra pessoa que já não está mais aqui.

— Eu te perdoo, pai — eu disse, enxugando as lágrimas com as costas da mão — Você fez o que pôde, e eu não me saí tão mal. Então você fez algo certo — eu disse com uma risada chorosa — Eu te amo, pai. E eu... estou feliz que finalmente conversamos sobre isso. Eu pensei que você me odiasse.

— Ah, Bri... Nunca! Nunca, querida! — meu pai exclamou — Você é minha filhinha.

— Sua filhinha crescidinha — eu disse, sorrindo em meio às lágrimas — Pai... eu vou ficar longe por um bom tempo — eu disse, me sentindo séria — Esta provavelmente é a última vez que nós conversaremos.

— O que está acontecendo, Bri? Você está com problemas?

— meu pai perguntou, a preocupação substituindo a tristeza — É esse cara? Ele não faz parte de nenhuma seita, faz?

Eu caí na gargalhada — Não, pai. O Alkor definitivamente não faz parte de uma seita. E se fizesse, duvido que ele me deixaria ligar para te avisar.

— Mas é ele quem está te levando embora, não é? — papai insistiu.

Por mais que sua intromissão me preocupasse, isso acalmava uma dor profunda na minha alma. Eu o ouvi dizer que me amava e acreditei. Mas, naquele momento, eu sentia seu cuidado; eu tinha meu pai de volta.

— Sim. Ele pediu e deixou a escolha por minha conta. Eu escolhi ir com ele. Nada me prende aqui, e ele é incrível para mim.

— Deixe-me falar com ele — Alkor sussurrou em meus ouvidos.

Eu hesitei por um segundo antes de concordar — Ele quer falar com você — eu disse apressadamente ao meu pai e passei o telefone para Alkor sem esperar pela resposta.

Eu me desvencilhei do seu abraço e me virei para encará-lo. Com os olhos fixos em seu rosto sério, eu mordi o lábio inferior e torci as mãos, ansiosa. Alkor colocou o telefone no viva-voz.

E isso que eu queria que meu pai se intrometesse nos meus assuntos.

— Olá, Sr. Brent — Alkor disse, com a voz subitamente mais grave, como quando se transformava em pedra — Meu nome é Alkor Drayvus, o companheiro da sua filha.

O silêncio tomou conta de suas palavras. Meu estômago se contraiu, minha ansiedade disparou. Eu lancei um olhar preocupado para Alkor, que me deu um sorriso tranquilizador.

— Eu conheço essa voz... — meu pai finalmente sussurrou, parecendo meio entre admiração e medo.

— Você conhece — Alkor reconheceu estoicamente.

Confusa, eu levantei uma sobrancelha questionadora. Ele acariciou minha bochecha, mas não comentou nada.

— Foi... Foi você... Naquela noite, foi você — meu pai disse.

— Sim.

Meu pai insistiu — Com os olhos dourados e o... o...

— Sim — Alkor repetiu novamente.

Enquanto meu pai exalava um suspiro trêmulo pelo telefone, meu sangue de repente congelou.

Ele sabia! Meu Deus, todos esses anos, ele sabia que eu não tinha tido alucinações com a gárgula!

— Você voltou por ela... pela minha filhinha, não é?

— Eu nunca parti — Alkor disse no mesmo tom neutro — No entanto, agora é hora de voltar para casa, para o meu povo. Mas nenhum lugar jamais será um lar sem Brianna ao meu lado.

Minha garganta apertou e eu me pressionei contra ele. Ele passou o braço em volta do meu ombro e beijou minha testa delicadamente.

Eu não sabia mais o que pensar, nem como me sentir. Nos meses que se seguiram ao acidente, meu pai fez de tudo para me convencer de que eu tinha imaginado a criatura alada que nos salvou. Ele insistiu que demônios não salvavam as pessoas, eles as matavam. Se eu continuasse contando histórias malucas, os médicos me colocariam no hospício com todos os outros malucos. Ele estava certo, é claro. Se ele tivesse contado à polícia que uma criatura com aparência de demônio nos arrastou para fora dos destroços, teria acabado no hospício comigo bem ao lado dele.

— É... Esse é o pagamento por...?

— NÃO! — eu exclamei — Não, pai. Alkor me deu uma escolha. Eu vou com ele por livre e espontânea vontade. Ele me faz mais feliz do que nunca.

— A felicidade de Brianna é primordial para mim — Alkor disse gentilmente — Levá-la à força frustraria esse propósito.

Sem mencionar que meu povo me executaria por cometer um crime tão terrível.

Meu pai expirou ruidosamente novamente. Meu coração doeu por ele, por nós. Apesar da distância entre nós, revê-lo sempre esteve a um voo de distância. Não haveria mais oportunidades no futuro.

— Você... você vai protegê-la, como fez naquele dia, certo? Você vai manter meu bebê seguro?

— Com a minha vida. Agora e sempre — Alkor prometeu — Isso, eu, Alkor Drayvus, juro ao senhor, Sr. Brent.

— Quando... Quando vocês vão embora? — meu pai perguntou com a voz derrotada.

— Assim que desligarmos, nós iremos para o ponto de encontro onde o povo dele irá nos pegar — eu disse, permanecendo vaga para o bem de todos nós.

— Eu te amo, querida. Me desculpe...

— Não se desculpe. Você me fez a mulher forte que eu sou hoje. Eu também te amo, pai. Prometa que será feliz.

— Só se você me prometer o mesmo.

— Eu prometo — eu disse com uma risadinha chorosa.

— Adeus, Sr. Brent — Alkor disse.

— Adeus, filho — meu pai disse — Obrigado por salvar minha menina. Por nos salvar.

— Foi uma honra — Alkor respondeu.

— Adeus, querida. De vez em quando, pense no seu velho pai.

— Sim, eu vou. Eu te amo, pai.

— Eu te amo.

Faltando sete dias para a chegada do resgate, nós deixamos o motel em um carro alugado só de ida. O vidro fumê nos permitiu completar a viagem de sete horas e meia até o Lago

Footner com nossa aparência normal, evitando assim o desperdício de energia tanto com o traje de Alkor quanto com o filtro de percepção. Somente quando nos aproximamos do posto de gasolina em High Level, a uma curta distância do Aeroporto de Footner Lake High Level, ele ativou a camuflagem de sua armadura enquanto eu ativava meu disfarce masculino. Eu parei para encher o tanque e abri a porta do passageiro para deixar Alkor sair furtivamente antes de fingir que estava limpando uma bagunça no painel.

Embora eu não pudesse vê-lo, ele voou ao lado do veículo até eu chegar ao meu destino.

— Olá, meu nome é Sr. Peters. Eu tenho uma reserva — eu disse em voz alta, testando minha voz masculina uma última vez no carro.

Com o estômago revirando de estresse, eu toquei cuidadosamente o modulador de voz colado à minha garganta. Um suéter preto de gola alta o escondia, caso eu precisasse desativar meu disfarce. Respirando fundo, eu peguei minha mala de viagem preta de couro que Alkor havia comprado na cidade e saí do carro. Eu caminhei até o balcão da National Car Rental e entreguei as chaves para inspeção. Para meu alívio, o atendente não pareceu ver nada de estranho em mim.

Eu entrei no terminal do aeroporto, paguei a passagem e fui levada até o lago, não muito longe dali, onde meu hidroavião me aguardava. Eu detestei não ter Alkor ao meu lado, mas, desta vez, com a mão livre, ele me mandou uma mensagem dizendo que estava tudo bem enquanto eu esperava para embarcar.

Já me sentindo cansada depois daquela longa viagem, eu tinha medo de dormir durante o voo de menos de duas horas até Virginia Falls Waterdrome, nos Territórios do Noroeste. Felizmente, a vista deslumbrante da natureza selvagem canadense me manteve de olhos arregalados. O piloto, um homem charmoso de quase 50 anos, também atuou como guia turístico durante o voo. Ao pousarmos, eu me arrependi de todas as maravilhas do meu próprio país que eu nunca havia tido tempo de descobrir, ocupada demais para... ocupada.

E agora eu nunca mais teria a chance de vê-las.

Depois de um voo sem incidentes, eu desembarquei do avião faminta, louca por um banho e por uma cama quentinha para me aconchegar ao lado do meu homem. Mas nós ainda não tínhamos chegado lá. Para meu alívio, o Sr. Murdock, dono da cabana que havíamos reservado no Parque Nacional Nahanni, já estava lá, esperando perto do aquódromo, apesar de termos chegado um pouco mais cedo. Ele me deu uma carona até a cabana, que ficava a apenas trinta minutos de carro.

Esta área era inacreditável. Em outras circunstâncias, eu teria adorado passar algum tempo caminhando e acampando aqui com Alkor. O Sr. Murdock me deu um tour rápido pela cabana de três quartos, com seu amplo pátio de madeira na frente, com vista para o lago e uma vista incrível da natureza.

Naturalmente, ele se surpreendeu por eu estar ali sozinha, naquele lugar enorme, sem meios de transporte. Eu fingi ser um escritor precisando desesperadamente de isolamento para terminar um romance com o qual estava tendo dificuldades até o final do mês. Atendendo ao meu pedido, ele encheu a geladeira e os armários com comida suficiente para me durar um pouco mais de uma semana. Nós combinamos que ele voltaria no dia primeiro de novembro para um tour pelas instalações e me levaria de volta ao aquódromo. Apesar da gentileza dele, eu não poderia ter ficado mais aliviada quando ele finalmente foi embora.

Assim que seu carro começou a se mover, os braços de Alkor se fecharam em volta de mim e sua camuflagem foi desativada.

— Conseguimos — eu sussurrei.

— Conseguimos — ele repetiu, acariciando meu pescoço.

— Você viu alguém? — eu perguntei.

— Não. Ninguém nos seguiu, e não encontrei nenhum agente

à espreita por perto. Vou continuar verificando todos os dias, mas, por enquanto, parece que estamos seguros.

— Dos seus lábios aos ouvidos de Deus — eu disse, me virando em seu abraço — Sete dias. Sete dias e finalmente acabará.

— Sete dias e eu a levarei para seu novo lar — Alkor disse antes de capturar meus lábios.

CAPÍTULO 15

ALKOR

E u observei Brianna dando um mergulho no lago, com o estômago embrulhado de ansiedade. Os Khargals não se dão bem na água; nós afundamos como pedras. Enquanto ela deslizava sem esforço pela água, imagens há muito enterradas na minha memória voltaram à tona. Meus companheiros de tripulação, machucados e gravemente feridos pelo acidente, lutando contra a correnteza violenta que tentava nos arrastar para a morte. Tantas vidas desperdiçadas.

Cinco dias se passaram desde a nossa chegada. Cinco dias de paz. Cinco dias de espera ansiosa. Meus instintos estavam cada vez mais instáveis, a sensação de perdição iminente pesava sobre mim.

A calmaria antes da tempestade.

No entanto, eu vinha dizendo isso desde a nossa chegada, e nada tinha acontecido. Talvez eu estivesse pensando demais, como sempre. E ainda assim...

Eu não escondi meu alívio quando, apenas alguns segundos depois de entrar – embora parecessem uma eternidade – Brianna saiu do lago, como uma ninfa aquática. Ela caminhou em minha direção, com o cabelo escuro grudado nos ombros. Eu corri até ela com uma toalha, odiando que ela tivesse entrado em uma água tão fria, mesmo que por um segundo. Mas ela tinha aquela coisa dos finlandeses que saem da sauna para o frio e depois voltam para a sauna. Nós não tínhamos uma dessas aqui, apenas uma banheira de hidromassagem do outro lado do pátio, de onde ela tinha acabado de sair momentos antes.

Brianna aceitou a toalha de bom grado e me deu um tapinha no traseiro antes de correr de volta para a jacuzzi. Com o sol já se pondo no horizonte, eu fiquei um pouco menos preocupado em andar por aí sem meu disfarce, principalmente considerando que havia feito outra patrulha de perímetro momentos antes. Ainda me preocupava o fato de estarmos a uma distância relativamente curta de carro do aquódromo. Mas, pelo menos, qualquer carro que passasse por ali seria fácil de detectar.

Eu ajudei minha mulher a entrar na banheira de hidromassagem antes de me juntar a ela. Qualquer dúvida de que minha *dassa* havia melhorado Brianna havia desaparecido desde nossa chegada aos Territórios do Noroeste. Apesar de ter crescido em Montreal, onde os invernos podiam ser bastante rigorosos, minha mulher nunca gostou muito do frio, vestindo várias camadas de roupa ao primeiro sinal de vento forte. Mas agora, assim como eu, o frio mal parecia incomodá-la. Aquele mergulho no rio deveria tê-la deixado azul em segundos, mas a água congelada mal a incomodou.

Mesmo assim, bastou para seus mamilos endurecerem e seus seios empinados se contraírem. Enquanto eu me sentava ao lado dela na jacuzzi, minha cauda se enrolou em seu joelho, abrindo ainda mais sua perna antes de trilhar um caminho até a parte interna de sua coxa. Os lábios de Brianna se entreabriram. Eu ri da maneira como ela olhava minha cauda com cautela.

Até então, eu nunca a havia colocado em prática. Mas nossa conversa com o pai dela e os últimos cinco dias juntos no que poderia ser considerado um retiro de amantes fortaleceram minha confiança de que ela realmente se importava comigo e me queria com todas as minhas diferenças. Gratidão e idolatria não a motivaram a querer estar comigo.

Ainda assim, meus ombros ficaram tensos ao ver sua reação enquanto minha cauda se esgueirava até a abertura de sua vagina, a ponta arredondada acariciando sua fenda em um movimento lento de vai e vem. Ela respirou fundo, os músculos de sua barriga se contraindo. Seus olhos azuis escureceram enquanto eu acelerava o movimento do meu rabo, e minha palma direita se fechou em torno do globo empinado de seu seio esquerdo. Aproximando seu rosto do meu com a mão livre em sua nuca, eu capturei seus lábios em um beijo apaixonado. Ela gemeu, abrindo mais as pernas para me dar mais acesso.

Aceitando de bom grado o convite, eu empurrei a ponta da minha cauda para dentro dela. Embora fosse menor que o meu pau, eu penetrei Brianna com cuidado para não machucá-la. Ela engasgou, e eu engoli seu próximo gemido, apenas para soltar um dos meus quando seus dedos delicados se fecharam em volta do meu eixo. Interrompendo o beijo, meus lábios percorreram sua mandíbula até aquele lóbulo delicioso, que eu chupei avidamente. Eu acelerei o movimento da minha cauda dentro da minha mulher, tentando ignorar o fogo em minha virilha que crescia a cada toque dela no meu pau.

Soltando seu seio, eu alcancei o meio de suas pernas, esfregando seu clitóris intumescido com meus dedos. Ela gritou, arqueando as costas contra a lateral da jacuzzi. Minhas glândulas sexuais incharam, e eu não me contive, acolhendo com prazer o fluxo ardente da minha *dassa* que se espalhava por mim.

Minhas presas doíam com a necessidade de injetar minha essência na minha mulher. Morder não era necessário para vincular nossas companheiras. Minha *dassa* se misturava a todos os meus fluidos corporais. Mas a vontade de morder era uma característica hereditária na minha família e não incomum em muitas outras linhagens. E agora, quando minha companheira se aproximava do limite, eu cravei minhas presas na carne macia de seu ombro, injetando-lhe minha *dassa* em sua forma mais pura, fazendo-a cair em um turbilhão de êxtase. Enquanto ela gritava meu nome, com o corpo tremendo em espasmos de prazer, eu me deleitei com o prazer da mordida.

Quando Brianna começou a descer do seu orgasmo, eu puxei minha cauda para fora e, puxando minha mulher para o meu colo, a empalei em meu pau. Cerrando os dentes diante da delicada firmeza de sua vagina que me apertava por todos os lados, eu pressionei seu corpo esguio contra o meu, acariciando sua pele macia enquanto ela se ajustava à minha circunferência. Nossos lábios se encontraram novamente, e ela estremeceu quando o calor formigante da minha *dassa* invadiu sua boca. Eu pretendia renovar esse vínculo com frequência, fortalecê-la e prolongar a vida da minha companheira para corresponder aos 1600 anos que ainda restavam da minha.

Eu comecei a bombear para dentro e fora dela, sibilando de prazer enquanto minha companheira arranhava minhas costas e mordiscava meu peito e ombros. Cada uma de suas mordidas suaves enviava descargas de tesão direto para minha virilha. Brianna começou a fazer isso desde que nos unimos. Eu não achava que ela percebesse, sem dúvida agindo por um instinto que herdou de mim. Eu queria que ela cravasse os dentes com mais força, o que ela também começou a fazer inconscientemente. Suas unhas endureceram, me dando uma queimação deliciosa cada vez que ela as raspava ao longo da minha espinha. Com o tempo, eu acreditava que ela desenvolveria garras retráteis como as minhas.

A água borbulhava e espirrava ao nosso redor enquanto eu acelerava o passo. Sua pele ardente roçando na minha também endureceu levemente, intensificando a sensação em cada uma das minhas terminações nervosas. Brianna nunca desenvolveria completamente uma pele de pedra como a minha, mas eu já podia ver que ela atingiria níveis parciais tanto para fins defensivos quanto prazerosos. Mais algumas investidas depois, minha parceira se desfez, arrebatada por outro orgasmo. Meu orgasmo me atingiu enquanto suas paredes internas se fechavam sobre meu pau. Minha semente explodiu, a felicidade ardente da minha *dassa* se derramando na minha mulher, intensificando seu clímax e se conectando com seu DNA. Em breve, Brianna seria completamente compatível comigo.

E, se Lar quisesse, logo minha semente criaria raízes.

M eus olhos se abriram segundos antes do alarme de proximidade do meu sistema de vigilância disparar. A sensação de perdição iminente me tirou do *duramna*. Saindo da minha forma pétrea, eu estendi a mão para Brianna, ainda profundamente adormecida na cama ao meu lado. Ela acordou assustada, e eu gesticulei para que ficasse quieta e se vestisse. Com os olhos arregalados de medo, ela assentiu e saiu rapidamente da cama. Apesar da minha preocupação, eu sorri, observando-a se mover pelo quarto silenciosa e eficientemente, sem perceber que ela não havia acendido a luz; minha companheira não precisava mais dela.

Tendo adquirido o hábito de dormir com armadura completa, eu enfiei os pés nas botas, um presente de Lana, que as mandou fazer especialmente para replicar as minhas antigas, que se desfizeram após décadas de uso. Embora os pés dos Khargal não fossem radicalmente diferentes dos de um humano, sapatos normais não se ajustavam à nossa largura maior.

Eu peguei meu tablet conectado aos detectores de movimento, que eu havia configurado para ignorar a presença ocasional de animais selvagens nas proximidades da cabana. Uma rápida olhada na tela revelou cinco intrusos. Eles se acharam espertos por se esgueirarem da mata atrás da casa em vez de subirem pela estrada.

— Fique dentro de casa — eu sussurrei para Brianna com aquela voz subumana, mais grata do que nunca por ela conseguir perceber. Embora os homens ainda estivessem a cem metros da casa, eles poderiam ter algum dispositivo de escuta de longo alcance.

— Alkor, não saia! — ela implorou.

— É melhor eu acabar com os que estão isolados do que ter que lidar com os cinco juntos — eu disse em tom de pressão, ansioso para chegar até eles antes que nos alcançassem — Eles terão armas e possivelmente aqueles dardos soníferos de novo. Se me pegarem, nós dois estamos perdidos — eu a beijei, silenciando os argumentos que surgiam em seus lábios — Eu prometo voltar — eu disse antes de entrar em modo furtivo e sair rapidamente pela porta do pátio.

Fechando a porta atrás de mim, eu transformei as camadas externas da minha pele em pedra, tanto como proteção extra contra projéteis, quanto para me tornar invisível ao infravermelho caso o usassem. O peso extra afetou imediatamente minha destreza e velocidade. Voando ao redor da lateral da casa e em direção à mata, minha visão aprimorada me permitiu localizar um dos dois homens, um tanto isolados. Entre os cinco, eu reconheci Stephen e Daniel com um terceiro homem que eu não conhecia. Os outros dois homens ladeando as laterais também me eram desconhecidos.

Como uma ave de rapina, eu desci em direção ao homem à esquerda, quebrando seu pescoço em um sobrevoo. Ele caiu no chão, morto, sem perceber o que lhe aconteceu. Planando para o lado oposto, eu pretendia repetir a mesma tática com o outro homem isolado, mas algum tipo de pássaro, também descendo direto em meu caminho, esbarrou em minha asa. Seu grito de pânico chamou a atenção da minha presa pretendida, que viu o pássaro cair sobre a plataforma invisível de minhas asas abertas.

Por instinto, o humano se abaixou, momentos antes que minhas mãos pudessem alcançá-lo. Frustrado, eu troquei minha pele de pedra por velocidade e voei uma curta distância antes de retornar. Ainda um pouco atordoado, o pássaro se recuperou e voou para longe no momento em que meu alvo começou a correr em direção aos seus companheiros, dando o alarme. Batendo minhas asas com força total, eu mergulhei e as abri. Ajustando-me à sua altura, eu voei além dele, com a ponta afiada da minha asa o decapitando com precisão. Com um grito de fúria ao verem seu companheiro caído, Stephen e Daniel dispararam em direção à cabana enquanto seu acólito restante disparava dardos em mim. Eu rolei para fora do caminho, erguendo o pulso à minha frente, e o escudo de energia retangular se formou bem a tempo de bloquear os próximos que ele disparou em uma saraivada contínua, com as armas de dardo em ambas as mãos. Meu escudo tremeluziu, e os efeitos devastadores dos dardos contra ele o desfizeram rapidamente.

Ainda voando, eu disparei em sua direção, arrancando as armas de suas mãos com meu escudo. Sem diminuir o ritmo, eu o agarrei pelas costas da camisa. Apesar da dor que ele sem dúvida sentia na mão – que, pelo que eu sabia, poderia estar quebrada, considerando a força do golpe – ele tentou se agarrar ao meu antebraço, gritando enquanto eu ganhava altura e voltava a circundar a cabana. Meu escudo desmoronou completamente quando me aproximei da cabana. Uma fúria cega me invadiu enquanto Daniel usava uma cadeira de pátio para arrombar as portas francesas, enquanto Stephen forçava a fechadura da porta da frente com algum tipo de ferramenta especial.

Com um rugido, eu atirei o homem com toda a minha força na direção do rio e mergulhei em direção à casa, enquanto os dois homens corriam para dentro. O grito meio assustado, meio enfurecido de Brianna me arrepiou até os ossos. Eu aterrissei na varanda bem a tempo de ver minha companheira brandindo um longo cajado de madeira contra Stephen com uma velocidade e força sobre-humanas que o forçaram a recuar enquanto tentava se proteger dos golpes implacáveis.

Daniel correu em sua direção, com a arma de dardos erguida na mão esquerda, a direita inutilizada por uma tala no dedo – a fratura sem dúvida resultante do nosso encontro no Belvedere. Eu avancei, jogando-o contra a parede. Aproveitando a distração momentânea de Brianna ao me ver, Stephen desarmou minha companheira antes de atacá-la com as costas da mão. Eu rugi mais uma vez e ergui o punho para esmagar o rosto de Daniel no momento em que algo afiado me picou do lado esquerdo. Meu punho abriu um buraco na parede de tijolos perto da lareira enquanto Daniel se abaixava, preparando-se para atirar em mim novamente. Eu golpeei seu pulso com força, quebrando-o, e arranquei o dardo cravado logo acima do meu quadril. Eu amaldiçoei a mim mesmo por não ter transformado minha pele em pedra novamente, mas isso me tornaria lento demais.

Ignorando o formigamento que se espalhava lentamente pelo meu lado direito, eu bati a cabeça de Daniel contra a parede meio quebrada, rachando a parte de trás do seu crânio. Seus olhos reviraram quando ele caiu no chão. O grunhido de dor de Stephen fez minha cabeça se virar rapidamente na direção deles. Ele apertou a mão como se tivesse se machucado. Brianna desferiu um soco em sua direção. Ele se esquivou e instintivamente revidou, acertando com força a bochecha esquerda dela. O agente gritou e cambaleou para trás, segurando o pulso contra o peito. A cabeça da minha mulher mal se moveu com o impacto, sua pele macia tendo adquirido o tom acinzentado da pedra, embora não a textura completa.

Minha linda companheira!

Com um grito de raiva semelhante a um grito de guerra, Brianna se jogou em Stephen. Ele tentou empurrá-la, mas ela estendeu a mão em direção ao rosto dele. Em vez da retaliação que eu esperava e pretendia interceptar, Stephen cambaleou para trás, a mão boa voando para o pescoço. Eu observei com fascínio mórbido enquanto o sangue vital dele jorrava. Rosnando, Brianna o encarou com um olhar duro e cruel. Naquele instante, ela parecia uma verdadeira deusa guerreira que o inimigo foi tolo em subestimar.

Com os olhos vidrados, Stephen caiu de joelhos antes de tombar para o lado. À medida que seus níveis de adrenalina baixavam e a fúria da batalha se esvaía de seu organismo, Brianna piscou e deu alguns passos para longe de sua vítima. O horror tomou conta de seu rosto ao perceber a finalidade do que havia feito.

— Você se defendeu, minha companheira — eu disse, lutando contra o cansaço que ameaçava me dominar — Era você ou ele. Você não causou isso. Ele causou.

Eu parei diante do cadáver de Stephen, interrompendo seu campo de visão. Brianna olhou para mim, seu corpo tremendo. Puxando-a para o meu abraço, eu acariciei os cabelos da minha companheira, a pele macia de suas bochechas – agora de volta ao normal – pressionando meu peito.

— Precisamos ir, meu amor — eu disse, com a mente confusa e pensando para onde poderíamos ir. Faltava apenas um dia para 31 de outubro, mas não podíamos ficar ali.

— Eles enviarão reforços quando não tiverem notícias deles — ela sussurrou.

— Sim.

Algo na minha voz me entregou. Brianna levantou a cabeça bruscamente e estudou meu rosto, com uma carranca que dava às suas feições gentis uma expressão mais severa.

— O que houve? — ela perguntou. Afastando-se de mim, ela me examinou da cabeça aos pés — Você está machucado?

— Eu não me machuquei, mas um dos dardos me acertou — eu admiti, relutante — Não sei quanto tempo consigo ficar acordado. Estou perdendo a batalha. Precisamos ir o mais longe possível daqui antes que eu desmaie.

Sem dizer uma palavra, Brianna se virou e correu para pegar

sua bolsa, colocando nela os poucos itens que ainda importavam, principalmente a tecnologia Khargal.

— Eles devem ter vindo de carro — ela disse, correndo para a cozinha, fingindo não ver os dois cadáveres no chão — Eu posso dirigir enquanto você se recupera.

Brianna rapidamente arrumou algumas coisas para comer enquanto eu vasculhava os bolsos dos homens em busca das chaves. Nenhum dos dois tinha. Eu rezei para *Lar* para que o homem que eu havia jogado no rio não as tivesse. Mesmo que ele tivesse caído na água, a força do impacto provavelmente o teria apagado, se não quebrado completamente seus ossos. A essa altura, ele já teria afundado ou, mais provavelmente, sido levado pela correnteza.

Nossa única esperança residia nos outros dois homens na floresta. Assim que Brianna terminou de vestir o casaco, eu a peguei nos braços e voei até o primeiro homem que eu havia matado. Seu pescoço quebrado seria uma visão muito menos macabra do que a do que eu havia decapitado. Para meu alívio, ele tinha as chaves. Considerando o frio da noite, os homens não teriam estacionado muito longe. Voando na direção do detector de movimento que eles haviam acionado, eu examinei o local, sem ousar voar muito alto, caso eu caísse. A droga estava me enfraquecendo rápido demais e, embora eu sobrevivesse à queda, minha companheira talvez não.

— Ali — Brianna disse, depois de um minuto no ar.

Eu não o vi a princípio, minha visão estava turva devido aos efeitos da droga, mas voei às cegas na direção que ela apontava. Ao diminuir a distância, eu finalmente avistei o contorno do veículo escuro. Eu nunca me senti tão vulnerável e inútil, dependendo da minha companheira para vigiar outros inimigos em potencial à espreita por perto.

Assim como tantos anos atrás, durante meu primeiro voo, minhas asas de repente cederam, a cautela me dominando. Brianna gritou enquanto despencamos em direção ao chão. Segurando-a com força, eu consegui nos virar, caindo de costas com um baque forte, mas transferindo parte do impulso para um giro.

Nós paramos com pouca delicadeza a quase dez metros do veículo – que, na verdade, era algum tipo de minivan.

Brianna gemeu de dor ao se soltar do meu abraço — Alkor! Você está bem? — ela perguntou, me revistando freneticamente em busca de ferimentos.

Eu assenti, com a cabeça pesada e as costas doendo. Eu não queria pensar no que poderia ter acontecido se não estivéssemos descendo.

— Preciso ir buscar os sensores — eu falei arrastando as palavras, imaginando se teria forças para chegar lá.

— Você não está mais em condições de voar! — Brianna exclamou — Eles têm tecnologia Khargal?

— Não, mas...

— Vamos colocá-lo no carro.

— Mas...

— Alkor, você vai entrar na porra do carro! — Brianna sibilou em um tom que não admitia discussão — Quem se importa se alguém os encontrar? O Sindicato certamente vai limpar os cadáveres para que as autoridades não venham fuçar a organização deles. Se as pessoas encontrarem seus sensores, vão se perguntar que tipo de paranoico os armou, mas isso não vai dar a eles nada que a Terra não deveria ter. Você mal consegue se levantar, e mais desses malucos podem aparecer a qualquer momento. Coloque seu traseiro na van, agora mesmo.

Os sensores não possuíam tecnologia Khargal, mas meu projeto era muito mais avançado do que o que os humanos normalmente constroem. Ainda assim, a probabilidade de que a pessoa que os descobrisse tivesse conhecimento suficiente para perceber era mínima. Com muita relutância, eu admiti a derrota. Retraindo minhas asas, eu me apoiei pesadamente em Brianna, que praticamente me arrastou para a van com uma força que não possuía algumas semanas antes. Eu desabei na traseira da van, que continha algum tipo de gaiola, sem dúvida para me conter caso os agentes do Sindicato das Rosas tivessem sucesso em sua missão.

O sono me levou embora assim que o veículo começou a se mover.

CAPÍTULO 16
BRIANNA

E u dirigi, às cegas a princípio, satisfeita em seguir a estrada para longe da cabana e na direção oposta ao aquadromo. Mas, temendo estar me afastando do nosso ponto de encontro, eu parei o veículo por tempo suficiente para usar o GPS de bordo. Com base no histórico, Stephen e seus homens tinham de fato vindo do aquadromo. Eu odiava não poder ver Alkor, deitado no banco de trás em sua forma de pedra, e não poder perguntar a ele qual seria o melhor curso de ação. E, no entanto, uma parte de mim adorava que, desta vez, eu é que o estava salvando.

A van não era alugada. A instalação da gaiola na traseira teria demorado um pouco, e tudo parecia feito sob medida – não um trabalho rápido feito de última hora. Eu não tinha me dado ao trabalho de verificar a placa, mas não duvidei nem por um instante que fosse alterada ou até mesmo roubada. Eu também apostaria que o Sindicato das Rosas tinha algum tipo de rastreador no veículo. Quando Stephen e seus capangas não se apresentassem a tempo, seus acólitos nos atacariam como um enxame de gafanhotos.

Pensar em Stephen me revirava por dentro. Eu o considerei um amigo por tanto tempo. E mesmo depois do que ele fez no mirante, eu não lhe desejava mal. Por que eles não nos deixaram em paz? Nós não estávamos causando mal algum. Só queríamos ir embora em paz. E agora... Agora eu tinha sangue nas mãos e uma morte na consciência. Alkor estava certo em chamar aquilo de legítima defesa, mas isso não mudava o fato de que isso provavelmente me assombraria pelo resto dos meus dias.

Eu olhei para as minhas unhas enquanto aquela cena horrível se repetia na minha cabeça. Algo, algum tipo de instinto primitivo, havia se apoderado de mim. Uma dor e prazer intensos percorreram minha mão, uma sensação de queimação nas pontas dos meus dedos enquanto minhas unhas se alongavam talvez um centímetro e meio, transformando-se em garras afiadas e pontudas. Com vontade própria, minha mão cortou sua garganta, removendo a ameaça ao meu companheiro e a mim mesma. Momentos depois de sair daquele estranho transe defensivo, minhas unhas voltaram ao seu comprimento normal. As pontas dos meus dedos ainda latejavam, embora não passasse de uma dor surda e distante. Com o tempo, eu provavelmente não sentiria mais dor quando minhas garras saíssem ou se retraíssem, como as de Alkor. Na verdade, eu esperava que nunca mais houvesse motivo no futuro para eu usá-las novamente. Bem... talvez apenas para abrir um envelope ou cortar a fita adesiva de um pacote.

Para me livrar desses pensamentos sombrios, eu decidi dirigir até o final da estrada mais próximo da direção geral de Gargoyle Ridge. Apesar disso, ainda teríamos mais de 100 km para atravessar de avião, se não mais. Mapas online não me permitiam calcular com precisão a distância entre aqueles dois locais desconhecidos – ou, pelo menos, eu não tinha ideia de como fazer isso, se tal recurso existisse. À medida que nos aproximávamos do final da estrada, eu considerei nossas opções. Com mais 24 horas de espera, sem equipamento de acampamento e sem abrigo adequado, aquela van poderia nos acomodar com relativo conforto.

Mas o maldito rastreador...

Já fazia algum tempo que eu não avistava uma única residência, embora eu tivesse passado por algumas estradinhas de terra que, sem dúvida, levavam a cabanas escondidas na mata. Eu estava tão exausta que não prestei muita atenção ao nome na placa à beira da estrada, mas parecia ser algum tipo de área de pesca. Ainda não tinha começado a nevar, provavelmente não começaria pelas próximas duas semanas. Eu pensei em dirigir a van para dentro da mata, em vez de deixá-la à vista de todos no estacionamento vazio, mas isso atrairia mais suspeitas dos moradores do que deixá-la ali. De qualquer forma, eu esperava que já tivéssemos ido embora bem antes do nascer do sol.

Eu desliguei o motor, saí do veículo, fui até a traseira da van e me sentei ao lado de Alkor, ainda em sono profundo. Eu estava dirigindo havia uma hora e vinte minutos. A essa altura, eu suspeitava que o Sindicato das Rosas já tivesse percebido o fracasso da missão. A questão era: quão perto estavam os outros agentes? Eu rezei para que ainda não estivessem nos Territórios do Noroeste. Não haveria voos disponíveis no meio da noite, e dirigir levaria ainda mais tempo do que apenas esperar pela manhã. Mas e se...

— Eu quase consigo te ouvir pensando — Alkor disse, me assustando.

— Você está acordado? — eu perguntei, me sentindo imediatamente boba pela resposta óbvia. Sua pele voltou lentamente ao normal enquanto ele se sentava, me puxando para seu abraço — Você está descansado o suficiente? A droga...

— Estou — Alkor disse, me tranquilizando — Eu acordei toda vez que você parou o veículo. Quanto à droga, Daniel só me acertou com um dardo. Teriam sido necessários pelo menos dois para me deixar completamente inconsciente. O *duramna* faz maravilhas para eliminar toxinas. Como você está?

— Estou bem. Estou... Estou muito feliz que você esteja acordado — eu confessei, envergonhada por ser tão carente.

Alkor sorriu e beijou minha testa. Esticando o pescoço, ele olhou pela janela, provavelmente para ter uma ideia de onde estávamos. Ele se levantou, se curvou para não bater a cabeça no teto, abriu a porta lateral da van e pulou para fora. Parecia um pouco instável, mas não de forma alarmante. Virando-se para mim, Alkor estendeu a mão para me ajudar a sair do veículo.

Apesar do frio da noite de fim de outono, eu não sentia frio. Eu deveria sentir, mas o ar estava, na melhor das hipóteses, fresco. Mais uma bênção da *dassa* de Alkor. Ele abriu as asas, esticando-as enquanto inspirava profundamente. Eu olhei com admiração para seu belo perfil, seu corpo forte e seu rosto amado. Meu salvador, meu companheiro, meu incrível Khargal.

— O Sindicato virá buscar a van deles — Alkor disse, com naturalidade — Você ainda está bem com o frio?

Eu concordei — Sim. Eu estava pensando em como é maravilhoso que eu quase não sinta frio.

— Ótimo — ele disse com um sorriso aliviado — Podemos procurar uma cabana vaga para passar as próximas 24 horas, mas corremos o risco deles nos rastrearem. Tenho certeza de que podemos encontrar uma caverna natural nas montanhas para nos abrigarmos até a hora da partida. Não é o último dia romântico que eu queria lhe dar, mas pelo menos estaremos seguros e fora de alcance.

— Na verdade, passar um dia curtindo a vida ao ar livre com meu homem parece muito romântico — eu disse, envolvendo meus braços em volta de sua cintura.

— Minha linda *Hondassa* — Alkor disse com uma ternura que derreteu meu interior.

Nós nos beijamos, suas asas se fechando ao nosso redor. Pelos minutos seguintes, nós saboreamos o momento antes de finalmente nos soltarmos.

Pegando um dos telefones, Alkor ligou para Lana para atualizá-la, já que, depois que voássemos dali, provavelmente não teríamos mais sinal. Ele aproveitou a oportunidade para pedir que ela usasse parte de seus bens para compensar o dono da cabana pelos danos causados pelo Sindicato. Essa consideração só me fez admirá-lo ainda mais.

Depois de uma última despedida, na qual ela nos desejou boa sorte, ele desligou e eu peguei nossa mala na van. Embora eu estivesse preocupada com ele e com os efeitos persistentes da droga, Alkor me garantiu que estava bem antes de partir.

Embora eu nunca admitisse, fiquei aliviada por ele preferir procurar um lugar enquanto me carregava, em vez de voltar para me buscar depois de encontrar um lugar. Eu teria passado o tempo todo em pânico, vendo o bicho-papão em cada sombra e ouvindo-o em cada som.

À medida que o vento soprava forte, a mata deu lugar a clareiras áridas, que logo se transformaram em formações rochosas e, em seguida, em montanhas. De repente, eu me dei conta de que não sentia a náusea habitual causada pelo meu medo de altura. Na verdade, meu único desconforto vinha da preocupação com meu companheiro, que, admito, não demonstrava nenhum sinal de fraqueza. Ele batia as asas com força e velocidade. Segundo ele, estávamos voando a cerca de 90 km por hora e pelo menos cem metros – ou mais – acima do pico mais alto.

Nós voamos por mais de uma hora. Embora eu tenha tentado convencer Alkor a parar e descansar, ele seguiu em frente com determinação inabalável, alegando estar bem. Finalmente, eu percebi que ele já tinha um destino em mente. De fato, depois de cerca de noventa minutos de voo, ele começou a circular em torno de um pico específico, procurando uma caverna natural para nos abrigarmos. Depois de algumas tentativas frustradas, nós finalmente encontramos uma de tamanho razoável, embora, vista de fora, parecesse apenas uma pequena brecha na face da montanha.

— Você sabe onde estamos — eu afirmei quando pousamos, deixando cair a bolsa que estava pesada em minhas mãos.

— Sim. Este é o Pico do Promontório — Alkor disse, estalando o pescoço e liberando a tensão nos braços que me seguravam o tempo todo — É um voo de menos de quinze minutos do ponto de partida. Nada pode nos impedir de chegar àquela nave de resgate.

Lágrimas brotaram em meus olhos quando o estresse e o medo, que foram meus companheiros constantes nas últimas duas semanas, finalmente deram lugar ao alívio.

— Obrigada, Deus — eu disse, me jogando nos braços de Alkor.

Minhas costelas doeram um pouco quando ele me abraçou, doloridas por causa do aperto firme durante o voo. Quando minha cabeça descansou em seu ombro, a exaustão subitamente me invadiu. Meu sono interrompido finalmente me alcançou. Sentindo meu cansaço, Alkor me ergueu em seus braços e me carregou até a parte mais seca no fundo da caverna. Apesar da escuridão total, eu conseguia ver perfeitamente a laje plana e elevada de rocha sobre a qual Alkor se acomodou. Deitado de costas, ele me puxou para cima para me poupar da superfície dura e me cobriu com suas asas.

Em segundos, meus olhos se fecharam e o sono me levou.

EPÍLOGO
ALKOR

Sob o céu azul mais límpido e os raios brilhantes do sol, eu ri da minha companheira brincando na neve. Ela tentou construir um boneco de neve, mas a neve estava um pouco granulada demais. Metade das bolas de neve que ela jogou em mim se desfez ao ser lançada, molhando o próprio rosto.

Depois de dormir quase até o meio-dia, Brianna devorou parte da comida que sabiamente trouxe para nós. Quando eu recusei e comi um pouco da abundância de minerais e pedras ao nosso redor, seus olhos quase saltaram das órbitas. Quando eu a tranquilizei de que provavelmente não precisaria comer pedras, apesar da minha *dassa* percorrendo seu corpo, ela quase desmaiou de alívio.

Minha companheira era adorável.

Embora tivéssemos regiões nevadas em Duras, a dureza do clima nessas áreas raramente permitia que ela desfrutasse de brincadeiras tão despreocupadas naquela brancura fofa. Para meu alívio, essa notícia não a afligiu, pois Brianna nunca foi muito fã de frio e neve. Mesmo assim, ela decidiu aproveitar ao máximo a oportunidade.

A noite chegou e passou sem incidentes. E, finalmente, o sol nasceu na manhã de 31 de outubro. Brianna comeu o que restava, me fazendo engolir os poucos pedaços que ela não conseguiu engolir. Finalmente, nós alçamos voo, fazendo pequenos desvios no caminho até o ponto de partida para podermos admirar uma última vez o planeta natal da minha companheira e o planeta que me abrigou durante o último milênio.

— É um Khargal? — Brianna perguntou, apontando para uma forma escura na montanha à frente.

Assim que eu abri a boca para responder, a figura desapareceu em uma chuva de luzes brilhantes. Meu coração disparou e eu dirigi uma prece silenciosa de agradecimento a *Lar*.

— O quê...? O que aconteceu? — Brianna perguntou.

— Meu irmão acabou de ser teletransportado para a nave de resgate. Você vai conhecê-lo em breve — eu disse, sem conseguir esconder a empolgação na minha voz.

Ao completarmos nossa aproximação, uma forma escura à distância, com longas asas, voou para o alto, carregando uma preciosa carga humana nos braços. Minha garganta se apertou de emoção ao ver outro parente meu voltando para casa com sua *Hondassa*.

— O teletransporte pode parecer estranho — eu disse quando pousamos — Não resista. Eu estarei com você.

— Ok — Brianna disse, com os olhos arregalados e o pulso acelerado no pescoço.

Assim que eu pronunciei essas palavras, uma sensação de formigamento que eu não sentia há mil anos se espalhou por mim enquanto luzes dançantes cercavam minha companheira e eu.

— Alkor — Brianna sussurrou, assustada.

Suas mãos apertaram as minhas, e então a escuridão nos engoliu por menos de um piscar de olhos. Os joelhos de Brianna cederam quando reaparecemos na plataforma de transporte. Eu a segurei antes que ela atingisse o chão. Agarrada a mim, minha companheira lutou contra a náusea que lhe revirava o estômago. Dois Khargals estavam diante de nós, observando minha companheira com uma curiosidade tensa. Eu franzi a testa, imaginando o que estava acontecendo.

Brianna se endireitou e respirou fundo algumas vezes, controlando quase por completo os efeitos desagradáveis do primeiro teletransporte. O Khargal à direita franziu o rosto em desgosto, enquanto o da esquerda sorriu para minha companheira, visivelmente satisfeito. Eu percebi então que os idiotas tinham apostado que ela espalharia as tripas pelo chão. O que significava que outro dos meus amigos resgatados já havia trazido uma humana a bordo.

Eu mostrei minhas presas aos dois guerreiros para expressar meu descontentamento. Eles obedeceram à ordem, arregalando os olhos ao observar meus sete chifres e meu uniforme.

— Ma... Major? — perguntou o Khargal à esquerda, tirando o sorriso do rosto.

— Drayvus — eu disse com voz severa — Major Alkor Drayvus do VV Keav.

Engraçado como a disciplina militar retornou naturalmente, mesmo depois de todo esse tempo. Eu sempre fui um pouco rigoroso com o protocolo. Encontrar aqueles dois fazendo apostas às custas da minha mulher no meio de uma missão de resgate me deu vontade de esfaqueá-los com minhas esporas de asa. Sorte deles que não se apresentavam a mim, ou eu os faria voar duas dúzias de voltas ao redor da arena de corrida em pele de pedra. Os garotos sem dúvida desmaiariam com o peso em menos de duas voltas.

Eles fizeram a saudação, repentinamente nervosos por terem sido considerados indisciplinados.

— Bem-vindo de volta, Major Drayvus — disse o guerreiro Khargal, que já não sorria — Sua mãe e seu pai ficarão muito felizes em tê-lo de volta em segurança. Se nos seguir, nós o escoltaremos até seus aposentos. Assim que possível, quando estiver descansado e revigorado, o Capitão Traver desejará conhecê-lo e... — sua voz se perdeu quando ele olhou para Brianna.

— E minha *Hondassa*, *Fa* Brianna Brent — eu completei para ele.

Os dois homens curvaram a cabeça levemente em respeito a Brianna. Embora ela não entendesse suas palavras, ela retribuiu o gesto com um sorriso nervoso, supondo com precisão que a haviam saudado. O guerreiro retirou um pequeno dispositivo da algibeira do cinto e o estendeu para mim. Embora fosse um modelo recente, eu o reconheci como um dispositivo de tradução universal. Minha irritação inicial com o guerreiro indisciplinado quase se dissipou. Eu assenti em gratidão e o guardei em um dos bolsos da minha armadura. Como às vezes ele causava leves dores de cabeça e tonturas no primeiro uso, eu esperaria até que chegássemos aos nossos aposentos antes de entregá-lo a Brianna para que ela pudesse entender completamente a língua do meu povo. O guerreiro gesticulou em direção à saída antes de assumir a liderança. Envolvendo meu braço em volta da cintura da minha mulher, nós seguimos em seu encalço, o segundo guerreiro nos seguindo.

A cabeça de Brianna se movia de um lado para o outro, com os olhos arregalados como pires enquanto observava o ambiente ao redor. Os corredores iluminados, altos e largos para acomodar o tamanho e a altura de um Khargal, curvavam-se nas bordas e ondulavam ao longo do comprimento. Isso lhes dava uma aparência orgânica tão diferente das paredes geralmente planas da arquitetura humana. Incapaz de resistir, minha mulher estendeu a mão e acariciou a textura ondulada.

— É como uma versão não assustadora e brilhante de um design do Giger — ela sussurrou para mim.

Eu não concordei muito, mas podia ver algumas semelhanças se você simplificasse significativamente seu design e desse a ele um toque de paz em vez de suas visões de pesadelo habituais.

Nós nos instalamos na espaçosa cabine que me foi designada. Apesar de ser um Major, essas acomodações excediam minha patente. Eu não reclamei: minha companheira merecia apenas o melhor. Depois de um banho rápido, Brianna riu de mim gemendo quando minhas papilas gustativas praticamente tiveram um orgasmo à primeira mordida da comida Khargal. Mil anos sem o gostinho de casa. Como eu não tinha enlouquecido? Embora um tanto decepcionante, o encontro com o Capitão Traver me deu a melhor notícia: a guerra havia acabado. O fato de Brianna precisar se adaptar ao nosso mundo hostil já era suficiente, sem ter que lidar também com as tensões da guerra. A notícia não tão boa: devido à distorção espacial entre a Terra e Duras, enquanto estávamos definhando aqui por mil anos, apenas vinte anos haviam se passado em casa. Isso significava que eu agora era fisicamente um pouco mais de quatrocentos anos mais velho que meus pais.

Bansial nunca me deixará esquecer isso.

Apesar disso, pensar no meu irmão mais novo me fez sorrir.

Reencontrar as outras duas dúzias de Khargals resgatados, reunidos na sala comum da nave, me comoveu profundamente. Eu havia tentado manter contato com o máximo possível deles, mas, ao longo dos séculos, alguns entraram em *duramna* profunda durante meus períodos de vigília, apenas para ressurgir depois que eu próprio entrava em estase. Mas ver Tas foi o que mais me aqueceu o coração. Eu temia que ele não tivesse sobrevivido a décadas de cativeiro nas mãos do Sindicato das Rosas.

E, no entanto, o momento mais tocante foi o encontro da minha companheira com o restante das mulheres humanas que também haviam escolhido vir com seus companheiros. Quem imaginaria que um terço da nossa tripulação sobrevivente encontraria sua *Hondassa* naquele que meu povo continuava a considerar um planeta primitivo?

Embora o Capitão Traver tivesse mencionado a recepção heroica que nos aguardava em Duras, nada nos preparou para a fanfarra devassada que os oficiais do governo nos dispensaram. Como fomos heróis? Sobrevivendo a um acidente e esperando mil anos para sermos resgatados, limitando os casos de desrespeito à Primeira Diretriz? Rapidamente ficou claro que o governo, tendo se tornado impopular entre o povo, estava nos usando como um golpe de relações públicas para renovar sua imagem. Eu não tinha tempo para isso.

Depois de recusar inúmeras ofertas de títulos honoríficos entre os militares, eu praticamente fugi da capital para o lar ancestral do meu pai: o Aerie Drayvus. Nem todos os Khargals viviam em aeries, muitos tendo optado por construir suas residências diretamente no chão. Brianna temia ficar presa na casa sem ajuda para levá-la para cima e para baixo. Mas eu rapidamente a tranquilizei, dizendo que cada aerie possuía um sistema de elevador para acomodar visitantes ou cidadãos não Khargals, assim como idosos ou Khargals feridos, temporariamente – ou permanentemente – privados da capacidade de voo.

Minha família sabiamente optou por não vir à capital para nossa chegada, ou teríamos ficado detidos por dias no circo midiático em andamento, em vez de podermos desfrutar de nosso reencontro em particular. Meu peito se apertou ao olhar para a fachada esculpida da fortaleza que foi meu lar por mais de trezentos anos. Esculpidas diretamente na face da montanha, as fortalezas eram frequentemente projetadas para se misturar ao ambiente à distância, com a escultura criando uma espécie de ilusão de ótica.

Minha respiração e pulso aceleraram quando a nave militar de cortesia começou a descer sobre a plataforma de pouso nos fundos da casa. Ela estava a poucos passos da saliência de onde minha mãe me chutou para meu primeiro voo, tantos séculos atrás. Pelas janelas da nave, eu observei as silhuetas altas, largas e orgulhosas da minha família que se aproximava, até que pararam a uma distância segura. A mão de Brianna deslizou para a minha e a apertou em um gesto reconfortante. Apesar de seus próprios medos e inseguranças, minha companheira colocava minha própria turbulência emocional e bem-estar em primeiro lugar.

Eu não sabia o que tinha feito para merecê-la, mas enquanto eu respirasse, não haveria um dia em que eu não agradecesse a *Lar* por tê-la trazido para minha vida.

— Eu te amo, Brianna — eu disse, puxando-a para o meu abraço — Você derreteu este coração de pedra e trouxe alegria, propósito e esperança à minha vida vazia. Eu prometo dedicar o resto dos meus dias a te fazer feliz.

Seus olhos marejaram e ela me lançou um sorriso trêmulo — Eu também te amo, Alkor. Você é muito mais do que eu jamais poderia desejar. Obrigada por nos dar a chance de ficarmos juntos, apesar de tudo.

Nosso beijo, terno e cheio de devoção, foi rapidamente interrompido pelo pouso da nave. Em segundos, o piloto, um jovem guerreiro chamado Tragan, correu até a porta e bateu na interface da parede ao lado. O som sibilante da rampa descendo foi logo seguido pelo chiado da porta se abrindo.

— Bem-vindo ao lar, Major Drayvus, e a você, *Fa* Brent.

Eu assenti distraidamente, me sentindo um pouco envergonhado por não conseguir agradecer adequadamente ao jovem soldado que demonstrou disciplina exemplar e adesão ao protocolo. Mas eu só tinha olhos para minha família. Segurando a mão de Brianna, tanto para confortá-la quanto para minha própria necessidade de apoio, eu a conduzi pela rampa até minha família que a aguardava. Minha mãe não envelheceu um dia. Seus seis chifres, quase como uma tiara na cabeça, lhe davam a mesma aparência majestosa que eu sempre lhe atribuí. Mas a emoção vulnerável em seu rosto geralmente estoico, de donzela guerreira, conseguiu quebrar minha fachada neutra. Soltando a mão de Brianna, eu puxei minha mãe para meus braços e lhe dei um abraço apertado, que ela retribuiu da mesma forma.

— Meu filho — ela sussurrou — Meu primogênito.

Lágrimas brotaram em meus olhos ao som da voz amada que eu nunca pensei que ouviria novamente. Eu recolhi minhas asas enquanto ela fechava as dela em volta de mim. Havia algo especial e incomparável no poder do abraço de uma mãe, que te fazia se sentir amado, querido e seguro.

— Nós também queremos um abraço, mulher — disse a voz áspera do meu pai.

Eu não sabia por quanto tempo minha mãe e eu ficamos abraçados, mas não duvidava que tivesse durado mais do que o esperado. Com muita relutância, minha mãe me soltou. Depois de uma última carícia nos meus chifres e na minha bochecha, ela se afastou em favor do meu pai. Seu abraço foi rude e viril, como seria de se esperar de um macho alfa. Mas o brilho excessivo em seus olhos traía a profundidade de suas emoções.

Sheira, minha única irmã, praticamente empurrou meu pai para o lado para me alcançar. Ele riu e balançou a cabeça com falso desespero. Ela havia amadurecido completamente durante minha ausência. Antes mesmo de uma semana, ela definitivamente me desafiaria para alguns duelos de treino. Sheira sempre dizia que chegaria a General antes de mim. Agora que eu estava de volta, eu ansiava por retomar aquela competição amigável. Por enquanto, porém, eu estava ocupado demais me deleitando em me reconectar com minha *kher* e enxugando as lágrimas de seu rosto. Mais tarde, eu me certificaria de lembrá-la de que ela havia chorado de alegria com meu retorno.

Quando Sheira me soltou, Galtan, apenas alguns anos mais velho que ela, ficou à distância para me olhar de cima a baixo. Eu levantei uma sobrancelha, me perguntando do que se tratava.

— Você parece velho, irmão. Talvez devêssemos chamá-lo de avô agora — ele disse em tom de zombaria.

Pirralho atrevido.

— Sendo seu avô ou seu irmão mais velho, eu ainda posso te colocar no chão — eu disse, com naturalidade — Agora traga seu rabinho magricela para cá e cumprimente seu irmão como deveria.

Ele riu baixinho e, diminuindo a distância entre nós, me deu o mesmo abraço másculo que meu pai me deu. Ele era o encrenqueiro da família, e eu ansiava por suas travessuras.

Olhando para cima, por cima do ombro dele, meu sorriso melancólico desapareceu quando meu olhar se encontrou com Marek, o segundo filho. Ele me encarava com uma mistura de mágoa, raiva e traição. Percebendo minha mudança de humor, Galtan me soltou do abraço e deu um passo para trás, me encarando com um olhar interrogativo. Percebendo meu olhar, ele o seguiu para ver o que havia provocado minha reação. A compreensão surgiu em seu rosto jovem. Com um sorriso compreensivo, ele colocou a mão no meu ombro, o apertou com força e se afastou.

Marek apertou as mãos espasmodicamente, parecendo indeciso se queria vir até mim ou se virar e ir embora furioso. Eu me aproximei cuidadosamente, parando bem na frente dele.

— Olá, *bansial* — eu disse em voz baixa. Ele se encolheu ao ouvir o apelido e franziu o rosto, visivelmente lutando contra as lágrimas que estavam prestes a cair — Eu sei que demorei muito mais do que o planejado, mas voltei, como prometi. Você não quer dar as boas-vindas ao seu irmão?

Não sei qual de nós estendeu a mão para o outro, mas segundos depois nos abraçamos com tanta força que parecemos dois Khargals se afogando.

— Nunca mais faça isso de novo — Marek murmurou, os ossos faciais ao longo de seu maxilar raspando nos meus enquanto nossas bochechas se pressionavam uma contra a outra.

Eu dei uma risadinha — Eu prometo avisar ao sol para guardar seus clarões irritantes para si. Eu tenho coisas melhores para fazer do que cair em algum planeta tão longe de casa.

Ao me soltar, Marek deu um soco no meu ombro e chicoteou minha coxa com a cauda, dando-lhe uma bela ferroada.

— Se vocês terminaram de me abusar, eu gostaria de apresentar a todos vocês a minha companheira — eu disse, voltando para minha mulher, que parecia ao mesmo tempo comovida e intimidada — Mãe, pai, *khers*, esta é minha *Hondassa*, Brianna. Brianna, esta é minha família.

Cada um se apresentou e a abraçou. Embora um pouco emocionada, o alívio e a alegria de Brianna por ser tão abertamente acolhida transpareciam em seu rosto. Desde a morte de sua mãe, ela ansiava por pertencer a uma família novamente. Essa era apenas uma das muitas coisas que eu pretendia lhe dar.

— Você me trouxe outra filha — minha mãe disse, enquanto segurava o rosto de Brianna entre as mãos — Ótimo, já passou da hora de começarmos a equilibrar as contas.

— Certo, até você decidir chutá-la do precipício — Sheira riu.

Os olhos de Brianna se arregalaram — Sua mãe não faria isso. Certo? — ela perguntou, se virando para minha mãe.

Ela deu à minha companheira aquele sorriso miserável e enigmático que tantas vezes me traumatizou ao longo dos anos, mas que me divertia quando era direcionado aos meus *khers*.

— Quem pode prever o futuro? — minha mãe disse misteriosamente, com um brilho diabólico nos olhos — Entrem. A refeição não se come sozinha. Bem-vindos de volta, meu filho e minha filha.

FIM.

GLOSSÁRIO

At-Ukris: Animal aéreo Durassiano. Parece um cruzamento entre uma águia e um polvo, aproximadamente do tamanho de uma baleia

Bansial: A palavra Durassiana para pegajoso

Canikim: A palavra Durassiana para partes femininas

Dam: Mãe

Dassa: Fluido de acasalamento

Duramna: Forma de pedra

Duras: Planeta natal dos Khargals

Durassiano: A língua Khargal

Terrano: Como os Khargals chamam os humanos

Fa: A palavra Durassiana para Senhora

Grack: O palavrão Durassiano para foda

Guurlk: Licor Khargal

Hondassa: Companheira

Kher: Termo Khargal para irmãos

Khargal: Como as gárgulas se autodenominam

Lar: A palavra Durassiana para deus

Macero: O palavrão durassiano para inferno

Maztek: Animal Duras semelhante a uma baleia terrestre

Sindicato das Rosas: Organização clandestina que persegue gárgulas e sua tecnologia

Sartek: Um animal predador aleatório em Duras

Sigilo: O dispositivo usado para contatar o farol de resgate e teletransportar-se para a nave de resgate

Sire: Pai

Tanem: A palavra Durassiana para companheiro temporário conhecido antes de um verdadeiro companheiro

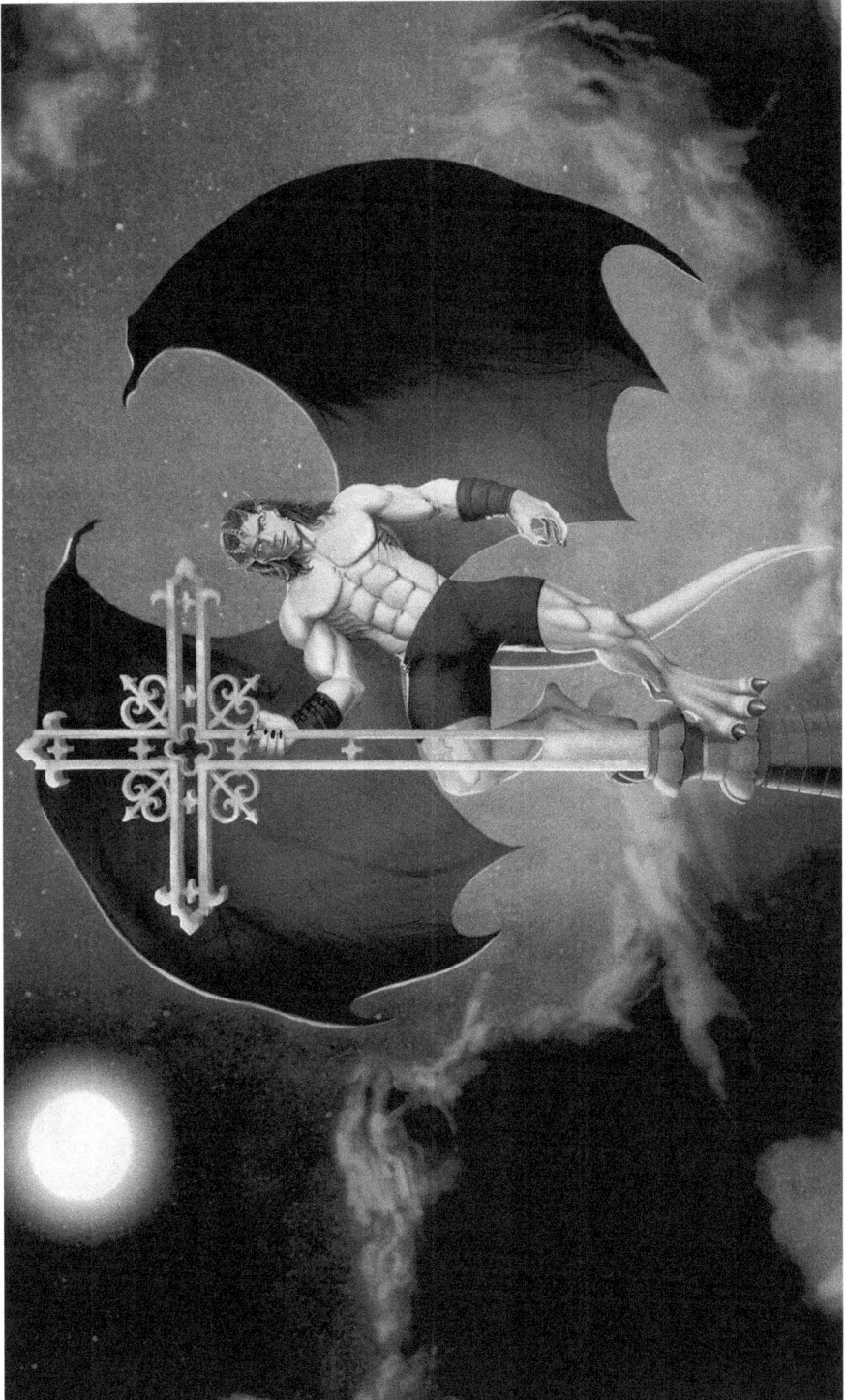

OUTROS LIVROS DE REGINE ABEL

GUERREIROS XIAN
Doom
Legion
Raven
Bane
Chaos
Varnog
Reaper
Wrath
Xenon
Nevrik
Rogue

AGÊNCIA PRIME
Casei Com Um Homem-Lagarto
Casei Com Um Naga
Casei Com Um Homem-Pássaro
Casei Com Um Minotauro
Casei Com Wonjin
Casei Com Um Tritão
Casei Com Um Dragão
Casei Com Uma Fera
Casei Com Krogal
Casei Com Um Dríade
Casei Com Um Íncubo
Casei Com Uma Mariposa
Casei Com Um Homem-Gato
Casei Com Amreth

CRÔNICAS VEREDIANAS

Escapando do Destino
Destino Cego
Criando Amalia
Revés do Destino
Mãos do Destino
Desafiando o Destino
Destino Imperial

BRAXIANOS
Anton's Grace
Ravik's Mercy
Krygor's Hope
Keran's Hope

O NEVOEIRO
Nevonauta
Pesadelo

OS REINOS DAS SOMBRAS
Destinada ao Espectro
Destinada Ao Ceifador

VALOS DE SONHADRA
Cidade de Gelo
Prisão de Gelo

DONZELAS DE SANGUE DE KARTHIA
Seduzindo Thalia

CONTOS SOMBRIOS
A Maldição do Barba Azul
O Corcunda

OUTROS LIVROS
Homem de Aço
Um Alienígena para o Natal
Coração de Pedra

SOBRE O AUTOR

A autora bestseller do *USA Today*, Regine Abel, é uma viciada em fantasia, paranormal e ficção científica. *Qualquer coisa com um pouco de magia, um toque de inusitado e muito romance a fará pular de alegria.* Ela adora criar guerreiros alienígenas gostosos e heroínas radicais que evoluem em novos mundos fantásticos enquanto embarcam em aventuras repletas de mistério e reviravoltas que você nunca imaginou.

Antes de se dedicar como escritora em tempo integral, Regine havia se entregado a outras paixões: a música e os videogames! Depois de uma década trabalhando como Engenheira de Som em dublagem de filmes e shows, Regine tornou-se Designer de Jogos Profissional e Diretora Criativa, uma carreira que a levou de sua casa no Canadá para os EUA e vários países da Europa e Ásia.

Facebook
 https://www.facebook.com/regine.abel.author/

Website

https://regineabel.com

Grupo de leitura *Regine's Rebels*
https://www.facebook.com/groups/ReginesRebels/

Newsletter
http://smarturl.it/RA_Newsletter

Goodreads
http://smarturl.it/RA_Goodreads

Bookbub
https://www.bookbub.com/profile/regine-abel

Amazon
http://smarturl.it/AuthorAMS

Loja Etsy
http://rapublishing.etsy.com